JN020315
勇者、辞めます
I'M QUITTING HEROING
～次の職場は魔王城～
3
クオンタム イラスト 天野英

CHARACTER
I'M QUITTING HEROING
《ヒト型生体兵器》
【DH-12】アクエリアス
3002歳（外見年齢は18歳前後）
西暦２０６０年に開発された十二人の生体兵器『ＤＨシリーズ』の一人。生まれは英国。
もともとは女性的な人格だったのだが、英国の科学者たちが「我が国を代表して戦地に赴くのだから……」と紳士としての英才教育を施した結果、現在のような性格になった。
趣味はボードゲーム全般。魔界では人間界から輸入されたチェスが人気ゲームの一つだが、一時期は魔王すら寄せ付けない最強無敵の帝王として魔界チェス界に君臨していた。

エキドナの妹にして魔界の副王。炎精霊の加護が強いエキドナと違い、こちらは雷精霊の加護を強く受けている。一見すると冷たく見えるが、あくまで感情を表に出さないだけであり、根は素直。王都には『イリス様ファンクラブ』もあり、彼らはイリスの呼びかけに応じて力仕事の手伝いからアリバイ工作までなんでもこなす。
チャレンジ精神溢れる姉の事を心から尊敬しており、副王として姉を支えられるのは自分だけだと固く信じている。

「分かったか。俺らが二人きりで
話せる時間は、残り少ないんだよ」
【宿題の答え合わせ】

勇者、辞めます3
～次の職場は魔王城～

クオンタム

ファンタジア文庫

3190

口絵・本文イラスト　天野英

CONTENTS

◆◆◆

◆◆◆

I'M QUITTING HEROING

プロローグ

西暦二〇六〇年。湖の縁に倒れる人物は、中性的な見た目だった。

金色のショートヘア。華奢な体つきに、すらりと伸びた手足。彼女の性別は女性だが、実際のところは可憐な少女のようにも見えるし、凛々しい少年のようにも見えた。

「……う……」

特異な点は、中性的な見た目だけに留まらない。

全身が赤く染まっている。深い傷を負っている――この少女は今この瞬間、間違いなく生死の境を彷徨っていた。

「……死ぬのか。私は」

喉に血が絡みつき、不明瞭なゴボゴボとした声が溢れた。

少女は人間界の英国出身だった。『英国紳士はどんな時もジョークを忘れない――苦境に立たされた時には尚更だ』。生みの親たる科学者たちは口癖のようにそう言っていたが、流石にこの状況ではジョークの一つも飛ばせない。血を流しすぎたのか、頭が回らなかった。

――もしかしたら、ここは天国なのかもしれない。

先ほどから感じていたものは、遠くから駆けてくる見知らぬ少女の姿をみとめた時、いよいよ確信へと変わった。

流れる水のような、透明感のある青い髪。汚れのない純白のローブ。

月並みな表現ではあるが、天使というのはこういう娘のことを言うのだろうとすら思えた。

「あなた、どうしたの⁉　ひどい怪我よ！」

「……やあ、天使さま。嬉しいね。死んで早々、こんな可愛い子に会えるなんて」

「バカなこと言わないで。喋れるってことは、まだ生きてるってことよ」

〝天使さま〟が目を閉じ、血まみれの少女の胸に手をあてた。

「なにを……」

「動かないで」

そして静かに力を集中すると――青い輝きと共に、傷がみるみるうちに塞がっていった。

「……⁉」

思わず驚嘆するほどの、凄まじい治癒速度だった。見る見るうちに出血が止まり、折れていた骨が繋がる。肌にも赤みが戻ってきた。

「とりあえずはこれでよし……と。村の人を呼んでくるから、ここでじっとしててね！」

「ま、待った！　その前に一つ聞かせてくれ！」

どこかへと駆け出そうとする〝天使さま〟をなんとか呼び止め、少女が少しだけ身を起こして周囲を見回した。

まるで見知らぬ土地だった。来たことがないというのも勿論（もちろん）だが、全体的に人間界離れしている。

空は夕焼けのような薄明るさ。全体的に薄いモヤがかかったようで、太陽は見えない。今が昼なのか夕方なのか、はたまた明け方なのかも分からない。

目の前に広がる澄んだ湖はフランスあたりの観光地を思い出させるが、周囲には恐ろしく濃厚な魔素（マナ）が漂っていて、まるで水の一滴一滴にまで強烈な魔力が含まれているかのようだ。

少女が駆け出そうとした方向を見れば、やや離れたところに小さな家々が建ち並んでいる。多分あれが、彼女の言っていた『村』なのだろう。

「ひとつ聞かせてくれ。ここは、どこなんだ？」

「魔界よ？」

「……な……!?」

「地名のことなら、王都の西の方にある田舎。アミア湖のほとりね」

そう言って〝天使さま〟が屈み、少女の手をぎゅっと握りしめた。

「私はウンディーネ。このアミア湖を守護し、魔界全体に清浄な水をもたらす、水の精霊ウンディーネ」

「……ウンディーネ？　君が？　精霊の？」

「ええ。あなたは……純人間よね？　どうやって人間界から魔界に来たのか知らないけれど、あとでお話を聞かせてくれると嬉しいわ。純人間とはめったに会えないもの！」

――そんな馬鹿な。少女の胸中は、そんな気持ちでいっぱいだった。

ついさっきまで、自分は魔界の軍勢と戦っていたのだ。人間界を守るため、魔王ベリアルとの最後の決戦に赴いていたのだ。冗談抜きに命を削るような死闘だった。それがまさか、気がついたら敵の世界に……魔族たちが棲む魔界にやって来ていただなんて。

しかも、最初に出会った相手がこんなにも優しい女の子で、そのうえ、彼女は精霊ウンディーネだという。精霊というのはもっと神秘的で、底知れぬ存在じゃないのか……？

魔族は敵。精霊は神秘的なもの。自分の中の常識がガラガラと崩れていくのを感じた。

「――それじゃ、村の人を呼んでくるわ。動いちゃだめよ！　待っててね！」

「あ、ああ……」

ローブを翻し、ウンディーネがぱたぱたと駆けていく。

ウンディーネに救われた少女は――人間界を守る為に作られた生体兵器の一人、DH-12［アクエリアス］は、その背中をただ呆然と見送るばかりであった。

第一章　お前の願いを叶えてやる

1．仕事をするときは締め切りを意識しろ

　――魔界の中央に位置する、王都スヴァネティア。

　スヴァネティアの大宮殿では、一年間にわたる異世界出張から帰還した主を歓迎するかのように、すさまじい量の仕事が発生していた。

「エキドナ様、人間界からの食料輸入とその配分についてですが――」

「エキドナ様。ヒュリテ川流域の魔素汚染についての報告書が――」

「エキドナ様。王都のはずれに野盗どもがアジトを築き――」

「エキドナ様がご不在の間に魔力炉が三基故障しました。こちらが修理の見積書に――」

「エキドナ様、経費の書類にハンコをください」

「ええい、順番に報告しろ順番に！　あと経費の書類はシュティーナに持っていけ！」

　我は魔王エキドナ。魔界最強の魔族にして、ここスヴァネティアから魔界全土を治めている女帝である。

この一年、我は《賢者の石》を求めて人間界へ侵攻していた。結果的に侵攻は……大失敗した、とも言えるし、大成功した、とも言えるだろう。戦争には大敗したが、《賢者の石》の持ち主であるレオを仲間にできたのだから。

そうして魔界へ凱旋(がいせん)した我を待っていたのは、留守のあいだに溜(た)まりに溜まった仕事の山。あらゆる事柄に関する報告書、稟議(りんぎ)書、決裁書に見積書にあああああっ多すぎる！

多すぎるわバカッッ！　こんなんじゃ魔王だって過労死するっての！

書類一枚に目を通すあいだに五枚が追加される。執務室で書類に埋もれながら、我はちらりと窓の外に目をやった。

……この宮殿からの展望は素晴らしい。

きらめく湖面、豊かな緑――我の心をほんの少しだけ癒やしてくれる。

だが、忘れてはいけない。あの水や緑こそ、我を悩ませる元凶なのだということを。

「……魔素(マナ)汚染、か」

魔界は、一見すると緑豊かな土地に見えるかもしれない。

確かに、草木が生い茂る野がある。水が流れる川があり、それが注がれる海がある。

しかし、しかし――それら全ては、ことごとく魔素(マナ)によって汚染され尽くし、今なお、その汚染域を拡大し続けているのだ。

すでに西部地域はほとんどが砂漠化してしまった。魔界中央アカデミアの研究チームによれば、過剰な魔素(マナ)が原因だということだった。

魔素(マナ)というのは、魔術の行使にはかかせぬ元素の一つだ。

水精霊ウンディーネや風精霊シルフ。彼らが棲まう《精霊界》を構成する、大いなる元素――それが、魔素(マナ)。魔術というのは、呪文詠唱によって《精霊界》とのチャネルを開き、魔素(マナ)と精霊の力を現世(うつしよ)へ流入させることによって奇跡を起こす業(わざ)なのだ。

魔界は魔術文化発祥の地であり、太古より魔術が使われてきたのだが……どうも、それがいけなかったらしい。『長年にわたる魔術の行使によって魔素(マナ)が少しずつ蓄積され、水や大地を蝕(むしば)んだ』。魔界中央アカデミアの調査では、そう結論付けられた。

草も木も水も汚染された世界。

それでもアカデミアの試算によれば、魔界全体が完璧に汚染されるにはまだしばらくの猶予があるとされていた。浄化が間に合わぬほどに水が汚染されきり、残った森林すべてが砂漠化するまで、短く見積もってもまだ二十年ほどの猶予がある。

二十年……一見すると、長く見える時間だ。『そんなにあるなら余裕では？』と誰もが思うだろうし、最初は我もそう思っていた。

だがよく考えてほしい。この二十年は『これだけ経過したら魔界は誰も棲めない土地になります』という、恐怖の二十年。最終時計にも等しい二十年なのだ。ただ普通に安穏と過ごす二十年とは、重みがまるで違う！

混乱を招かぬよう、このことはごくごく一部の、信頼できる者にしか知らせていないが……もし魔界中にこの事実が知れ渡ればどうなるか。恐るべきことになるのは想像に難くない。

混乱。暴動。そして『人間界を支配して我らのものにしよう』という過激派の台頭。そうなればもはや治世どころではない。暴王ベリアルが引き起こした、人間界侵略戦争の再来である。

今回の戦争では我が指揮を執り、人間界への被害は最小限に留めることができた。『我らの目的は《賢者の石》のみ。無駄な殺し、無駄な破壊は絶対に避けよ』──甘すぎる、という反発も多かったが、結果的にその甘ったるい方針が、勇者レオとの絆を作ってくれた。

だが、魔界の過激派は我ほど甘くはない。やつらは魔界の修羅どもだ。長い間、魔界の同種族で内戦ばかりを繰り返してきた連中だ。

同種族にさえ容赦しないやつらが、他の世界の住人に容赦するわけもない。過激派が人間界へ侵攻すれば最後、人間界の住人を皆殺しにしてでも新たな住処を求めることだろう。

そうなればどうなるか。せっかく仲間になってくれた勇者レオも、人間界を守るために再び我と敵対することになるだろう。

レオとは戦いたくない。まともに戦っても勝ち目がないというのもそうだが、純粋に一人の人間として、一人の友として、我はやつに好感を抱いているからだ。

レオと敵対することを避けるためにも、人間界との戦は絶対に避けなければならん！

我は戦ばかりだった悪(あ)しき魔界を断ち切り、平和を築く為に魔王になったのだから……！

「……ふう」

気がつくと、だいぶ書類が減っていた。いや多いことは多いのだが、さすがに書類がおかわりされる様子もなくなり、執務室は我一人になっている。

発動していた《加速術(アクセラレーション)》を解き、のんびりと書類にハンコを押しながら、我は今後の展開について思いを馳(は)せた。

「まあ、問題はあるまい。我も戻ってきたし、なにより、あのレオが仲間なのだ。ワイバーン事件を解決したおかげでイーリス王国との国交は回復し、人間界からの食料・水の輸入だって出来る……！　今さらなんの問題がある！」

一年前、《賢者の石》を求めて人間界への侵略を決めた時は、すべてが絶望的だった。

《賢者の石》はなかば夢物語だと思っていた。

恐ろしく強い勇者が計画を阻むかもしれぬ、という懸念もあった。

仮に《賢者の石》を手に入れても、それで魔界の環境が回復するかは分からない……という不安があった。

すべてがバクチだった。それでも我は、人間界へ行くしかなかったのだ。

荒廃する魔界を救う手立てが、他には思い浮かばなかったから。

「それに比べれば、今のこの状況のなんと恵まれたことか。水、ごはん、そして勇者ッ！二十年もあれば応急処置から根本的治療まで全部こなせるわッ、フハハハーッ！」

口に出して現状を整理していると、なんだか勇気がわいてくる！

我はふたたび《加速術》を使い、たんとんたんとんとリズミカルにハンコを押していき、

「エキドナ。邪魔するぞ」

「……おお、レオ！」

執務室に飛び込んできた青年を見て、手を止める。

「存外早かったな。魔界を見てきた感想はどうであったか」

我が側近の中で、もっとも複雑な出会いを果たした男。

四天王を、いや、魔王たる我すら凌ぐ力を持ちながら、我に尽くしてくれている男。

彼こそが人間界の〝勇者〟――レオ・デモンハートであった。

魔界にやってきてから二日間。我が仕事だとか凱旋パレードだとかの公務に忙殺されているあいだに、こやつは王都周辺を散策したり、アカデミアで調べ物をしていたりしたのだ。『魔界の環境を復活させるなら、まずは自分の目で現状を把握しておきたい』ということらしい。さすがはレオだ、基本がしっかりしている。

「エキドナ。あのな」

「わかっておる。お前なら気づいただろう、この魔界を蝕む魔素に……。だが案ずるな！　幸いなことに、時間はまだ二十年もあるのだ。このエキドナとその仲間たちが居る限り、魔界が滅びることは決してない！」

「ちょっと黙れエキドナ。いいか、よく聞け」

レオは真剣な表情を崩さないまま、座ったままの我の両肩を掴み、静かに言った。

「滅びるぞ」

「は？」

「このままだと、魔界は滅びるぞ。一年以内に」

2.『失敗を恐れるな』という言葉の意味を知れ

「――あと一年以内だとおっ⁉」

思わず椅子から立ち上がり、叫んでしまう。

レオのことは信用している。腕も確かだし、見る目もある。だがそれにしても、たった一年で魔界が滅びるというのは、さすがに話が唐突すぎる！

「おかしいではないか！　人間界からの食料輸入もはじまったのだから、むしろ魔界終焉(しゅうえん)までのリミットは延びるべきであろう。二十年が三十年になるとか、百年になるとか……。それがなぜ縮まるのだ⁉」

「その食料輸入がマズかったんだ。これを見ろ」

レオが何枚かの写真を机の上に放った。

《転写(ストックプリント)》。小型の魔眼が見た映像を他の物質に転写する、映像記録用の術。それを使って作り出したあらゆる絵を、現代では『写真』と呼んでいる――。

そんな写真に写っていたのは、人間界の食材を使った料理を我先にと奪い合う魔界の民の姿だった。そしてもう一枚は、その横でどっさりと売れ残った、魔界産の『マズい』食材の山だ。

「ヒトってのはな、他人と比べて自分が不幸だと分かった瞬間、不満が一気に噴出するものなんだ。〝うわっ、他の人と比べて、私の年収低すぎ……⁉〟みたいにな。比較対象がいなければ自分が不幸かどうかは分からないが、比較対象がいれば――」

「……そうか。そういうことか……！」

マズい魔界の食べ物しか知らなかった魔族たちが、人間界の味を知ればどうなるか。

レオの言った通りだ。自分の食生活がどれだけ粗末だったか分かってしまう。

そうなれば、現状を嘆き、不満を唱える者も出てくる……！

「よそはよそ、うちはうち――って割り切れるヤツばかりじゃないからな。一度でも人間界産の美味（うま）いメシを知ってしまったら、もう戻れない。お前だって、最近食ってるのは人間界の食材を使った料理ばかりだろ？」

「うっ」

レオに言われ、ここ数日間の王宮で食べた料理を思い出す。

た、確かにそうだ……味付けこそスパイスが利（き）いた魔界風のものが多いが、イーリス王国から輸入した羊肉も、ラルゴ諸島で採れた魚や米も、みな人間界の食材である。

人間界を原産地とする食材は、魔界のそれと違って毒抜きの必要がない。むろん人間界にも毒キノコのようなものはあるが、半径二十五メートル以内に近づいただけで毒に冒されて死ぬような魔界の毒キノコと比べればかわいいものだ。

香りも風味も段違いに良い人間界の食べ物と、マズい上に危険な魔界の食べ物。

民が二つを自由に選べるようになったなら、前者を選ぶのは当然の話だった……！


「人間界の食材輸入にも限度があるからな。当然、あぶれた奴らは魔界の食べ物……ゾンビ犬のソテーやら、七粒に一つ毒入りがある巨大トウモロコシやらを食べ続けなきゃならない。この生活が続くとどうなるか、わかるよな？」

「魔王……つまり、為政者の我に批判が向くであろうな。〝エキドナがしっかり人間界を征服していれば、こんな生活を送らなくて済んだのに！〟と」

「ああ。そのうちエキドナ支持派より、人間界征服を主張する過激派を支持するやつが増えていくだろう」

「本末転倒気味だが、人間界からの輸入を一時中断してもダメか？」

「逆効果だ。一度肥えた舌は戻せないし、便利な生活を経験したら不便な生活には戻れない」

もっともな話だった。不便だったものが便利になって喜ぶことはあっても、その逆は基本的に成り立たない。

　実際、考えてみてほしい。それまで出来ていたことが出来なくなってしまったり、日常生活で当たり前だったものが突如奪われることを。人間界からの食料輸入を止めるというのは、そういうことだ。

「いま言ったのは衣食住の『食』の問題だが、他にも問題は山程ある。たとえば『住』――水と土の汚染度が、お前が人間界へ遠征していたこの一年間で急激に進んでいる」

　どさりと書類を置くレオ。魔界の中央アカデミアから直で引っ張ってきた、最新の環境調査結果らしい。

「なんだと……！　原因は⁉」

「未確定だ。研究所の調査報告だと、《大霊穴》が開いたことにより大気中の魔力濃度のバランスが崩れたことが原因……とあるが、詳細は調査する必要があるな。どちらにせよ、このままいくと食糧問題で政権が転覆するより、環境がダメになる方が早いかもしれん」

　続いて置かれたのは、あらかじめメルネスが魔界の各地に放っていた密偵からの報告書。

　魔界の民の意識調査だ。

『いまの魔王は甘すぎる』、『人間界との友好関係なんぞを築いてどうなるというのか』、『最大の敵だった勇者とやらを仲間に引き入れたらしいが、それなら今こそ人間界を滅ぼし、移住すべきではないのか』という、非常に物騒な言葉が並んでいる。

「人材不足も深刻だ。お前は平和を愛する新進気鋭の魔王だが、新進気鋭すぎて世論がまだついてきていない。後継者が少ないんだ。やがてお前が魔王の座から退くことになった時、お前の意志を継ぐ者がいなければ――」

「……わかっている。魔界はまた暴力至上主義の世界に逆戻りし、次の魔王は今度こそ、人間界を乗っ取る為に本気の侵攻をかけるであろうな」

「そうだ。そうなれば、俺も黙ってはいられない。腐っても〝元勇者〟だからな」

レオの目は真剣だった。『俺も黙ってはいられない』――かなりソフトな表現をしているが、それは間違いなく、レオと再び敵対することになるかもしれないという可能性を示していた。

こいつの性格をまったく知らなかった頃ならともかく、今は、レオ・デモンハートという男の人となりを知ってしまっている。こいつがどんな気持ちで三千年を生きてきたかを知っているし、人間界を追い出された経緯も知っている。

そんなレオを再び『勇者』に戻らせるというのは、あまりにも心が痛む。勝ち負け以前の問題だ。

「食糧問題。環境問題。後継者問題。――わかるか魔王エキドナ。お前はこれらの問題を、一年以内にクリアしなければならない」

「……」

「さもなくば、魔界は滅びの道を歩むことになる」

頭をガツンと殴られたような気持ちだった。

――ああ、先ほどまでの我はなんと呑気で愚かだったのだろう。

タイムリミットが二十年後？

レオもいるんだしゆっくり解決していけばいい？

現状を把握していないにも程がある！　魔界の破滅は、こんなに近くまで迫っていたというのに！

魔界に戻ってきて数日間、忙しさにかまけて現状認識を怠っていた自分への怒り。

だがそれ以上にショックなのは、よかれと思ってやってきたことが無駄だったことだ。

行き詰まった魔界の現状を打破するため、力の限りを注いで《大霊穴》を開いた。

少しでも美味しい食べ物を食べてほしいと、人間界から食料を輸入した。

魔界の民はみな争いに疲れ切っているだろうと思い、魔界史上初の『平和を愛する王』になった。レオが加わってからはより一層、人間界の他の国との関係改善に精を出した。

だが、結果はどうだ。

《大霊穴》は環境の悪化を招き、食料輸入はいたずらに民を混乱させるばかり。

平和……平和も、どうなのだろう。結局、魔界の民は平和など望んでいなかったのかもしれん。何年も何年も争いばかりの魔界が続いてきたのだ。争いがなくなったことで活躍の場が奪われ、我を恨んでいる戦士もいるだろう。彼らや彼らの近親者からすれば、我は『魔界の民を蔑ろにしておきながら、人間界との関係ばかりを重視する』という無能な王にしか見えまい。

我がやってきたことは、すべて無駄だったのかもしれない。

我が魔王を目指したこと自体が間違いだったのかもしれない。

……それが、一番のショックだった。


―


「……そうか……」

俺の報告を聞き終わったあと。

魔王エキドナは執務室の椅子に深くよりかかり、うなだれた。その表情を窺うことはできないが、落ち込んでいるのは声色からして明らかだ。

まあ、そうだろうな。仕事の――重大な仕事の締め切りが二十分の一になっただけでもショックなのに、その原因の一端が自分にあるとわかれば、落ち込みもするだろう。むしろ、そんな状況でヘラヘラ笑っているようなヤツは、直ちに王座から引きずり下ろされるべきだ。

「そう、か……」

もう一度エキドナが同じ台詞を呟いた。

まるで覇気が感じられない。立ち直るには、しばらく時間がかかりそうだった。

――エキドナが立ち直るまで、少し『失敗』についての話をしておこう。

『失敗を恐れるな』。『失敗を恐れずに挑戦し続けろ』。誰しも、そんな言葉を一度は聞いたことがあるだろう。

勘違いしている奴が多いのだが、これは『失敗しても落ち込むな』ということではない。

誰だって転べば痛いし、失敗したら辛い。痛い目にあったら落ち込んでいいし、失敗を悔やんで大泣きしたって構わないのだ。

大いに落ち込み、大いに泣く。それまでの努力が空振りに終わったのを実感した瞬間、とてつもない徒労感が精神を蝕んでいくことだろう。

――こんな辛い思いをするなら、二度と挑戦なんかしなくていい。

──挑戦もしないが失敗もない、ささやかな暮らしを続けていけば、それでいい。そう思うことだってあるはずだ。『失敗を恐れるな』という言葉の本質は、ここにある。

もう挑戦なんてイヤだ──そう思った上で『いや、それでももう一度挑戦してみよう！』という気持ちになれるかどうか。再び痛い目を見るかもしれない、という恐怖に耐えられるかどうか。それこそが、失敗を恐れるなという言葉の本質なのだ！

「エキドナ」

「……なんだ？」

「……。いや、なんでもない」

だからこそ、俺は落ち込んでいるエキドナに何も言わない。

俺はこいつを信じている。

心優しいこいつが、故郷を救うために断腸の思いで人間界へ侵攻したことを知っている。

魔王のくせに、魔界と人間界両方の平和を願っていることを知っている。

──自分には生きる価値がないと思い込み、はた迷惑な自殺を考えた愚かな『勇者』を、命がけで救ってくれたことを、俺は知っている。

こいつは──俺の知っている、魔王エキドナという女は──。

「レオよ」

「おう」

「かつての好敵手にして、我が側近たる〝元〟勇者よ。この魔王エキドナから、折り入って頼みがある。聞いてくれるか」

「勿論ですとも、我が王よ。私は、貴方を支える為にここにおります」

「……ふふ」

俺の口調で緊張がほぐれたのか、ようやくエキドナが顔をあげた。

目元をぐいと拳でぬぐい、毅然とした態度で俺に告げる。

「頼む、レオ。我と共に、魔界を救ってくれ！」

その瞳には、闘志が宿っていた。

「我一人では駄目だ。失敗続きだ。……だが、お前がいれば……お前となら、魔界を救える。我はそう信じている。頼む……魔界のため、いまこそ力を貸してくれ！」

そう。俺の知る魔王エキドナという女は、決して失敗を恐れない。どんな困難にも立ち向かい、克服する、強い魔王なのである。ならば、俺の返す言葉は決まっていた。

「――我が名は、元勇者レオ・デモンハート！」

かつての入団面接の時と同じように、俺は胸を張って声を張り上げた。

「特技は剣術、黒魔術、精霊魔術、神聖魔術、その他全般。三千年もの間、人間界のあらゆる問題を解決してきた実績あり。人間界でも魔界でも、即戦力として活躍可能……だ！」

俺はエキドナの右手を強く握り、まっすぐにエキドナの目を見据えた。

「《賢者の石》ではなく、俺を選んでくれた魔王エキドナのため――あの時の恩に報いるため。今こそ全力で、お前の願いを叶えてやる！」

「……声が大きいわ。バカ者め」

その手をしっかりと握り返しながら、エキドナが半泣きで苦笑した。

第二章　勇者vs呪術師（カースメイカー）カナン&食糧問題

1. 面倒な仕事は専門家に投げろ

「……で。だいたいの事情は、わかったんだけど……」

「うむ」

「よりによって、なんでこんな重汚染地域なのよ？」

エキドナと話した翌日。俺は、魔界の中でもかなり魔素（マナ）汚染度の高い地域に来ていた。

ちょうど二つの大きな川が合流する場所だ。川のすぐ近くには程々の大きさの村があり、人の往来も多い。

今回のねらいはズバリ、食糧問題の解決だ！　俺一人だとさすがに手が足りないので、オマケとして従者二名も連れてきている。

「誰が！　従者よっ！」

「心を読むな心を！」

「態度に出てるのよ！　お師匠様と魔王様の言いつけがなければ、あっ、あんたの命令なんか即座にシカトして、王都へ帰還してるところなのに……！」

俺の隣を歩く女が不満げに呻(うめ)いた。

全身を覆う黒いローブに、ウェーブのかかった長い黒髪。折れてしまいそうなほど細い腰に、貧相な胸──色気のかけらも感じられない女だ。シュティーナと同じサキュバスとは思えない。

細い腰に下げられたハンドベルには複雑な印が彫られている。ただのベルではなく、呪いを振りまく呪具……そう。こいつは魔術師の中でもとりわけ特異な、呪術師(カースメイカー)と呼ばれる存在だった。

呪術師(カースメイカー)のカナン。

四天王シュティーナの一番弟子にして、思い込みが激しすぎる女。俺の兄弟、DH-06［ヴァルゴ］と共にワイバーン暴走事件を引き起こし、イーリス王国を混乱の渦に叩(たた)き込んだ女。こいつが、今回の仕事のパートナーだった。

「とにかく、まずは食糧問題を解決したいんだ。生き物は、住む場所があってハラが満たされてれば、ある程度までの不満は許容できるものだからな」

「解決って簡単に言うわね。具体的にはどうするわけ？」

「簡単だ。人間界の食べ物の供給量を増やす」

「……輸入量を増やすにも限度があるんでしょ？　供給量は頭打ちなんじゃないの？」

カナンが唇を尖らせた。

こいつの言う通りである。人間界から魔界への食料輸入プロジェクトは最優先で動かしているが、それでも魔界全体に人間界の食べ物が行き渡るほどではない。

そもそも、輸入すればそれだけカネがかかる。俺たち魔王軍はもともと極貧だったのだから、ハイペースで輸入を続けていたらいずれ軍資金がカラになってしまう。

そうなると、残る手段は一つしかない。俺は懐から取り出した小さな麻袋を振った。

「なにそれ？」

「種だよ。輸入が駄目なら自給自足——ってわけだな。もちろん、このまま植えてもロクなもんが育たないだろうから、汚染に耐えられるよう生命操作の呪文で品種改良する」

魔界の汚染された土でも人間界の食物が育つよう、種子や苗の時点で品種改良を加える。汚染度が高い地域を選んだのも、品種改良効率を高めることが狙いだ。この地方で育つよう改良された品種なら、それ以外の土地でも問題なく育つだろう。

「……そういう生命操作って、呪術師のあたしが一番苦手な分野なんだけど。あんた、それを分かった上で言ってるわけ？」

「お前は苦手でも、オトモダチの方は生命操作のエキスパートだろ。なっ、ヴァルゴ？

「そんな格好になっても回復呪文の腕は衰えてないだろ？」

『チッ！』

カナンの左肩に乗っている、イビツな人型をした20センチほどのぬいぐるみが舌打ちした。

ぬいぐるみ――そう、本当に、布で作られた普通のぬいぐるみだ。

適当な四つ穴ボタンで出来た両目に、糸でジグザグに縫い合わされた口。幼い子供向けとも思えるデザインは、どこかコミカルで可愛らしい。

だが侮ってはいけない。これこそ、シュティーナの一番弟子であるカナンが総力を注いで作り上げた『義体』。コアである《賢者の石》だけになってしまった俺の兄弟――DH-06［ヴァルゴ］の仮住まいとして彼女が用意した、彼のニューボディなのである。

見た目はアレだが、内側にも外側にも高価な素材をふんだんに使っているせいか、《賢者の石》のパワーに耐えきれず自壊する恐れはない。見た目はアレだが。

先ほども言った通り、イーリス王国でのワイバーン暴走騒ぎはカナンとヴァルゴの仕業だった。今回の仕事は二人への反省を促すのと同時に、二人がどれだけ魔王軍にとって有益かを見極める実地試験でもある。使えるようならちゃんと褒美を出すし、反抗的ならば監視措置などを強めるという方向でエキドナとも合意済みだ。今回の俺は、いわばこの二人を面接する立場なのである。

いやァ～、気分がいい！

かつてはジュティーナからもエキドナからも邪険にされ、試験採用止まりだった俺が、今となっては魔王軍の試験官ときたものだ！

こいつらのクビを切るも切らないも俺次第！　神の如き力を手に入れた気分だ！

「アンタ、またムカつくこと考えてるでしょ」

「そっ、ソンナコトナイヨ？　……よし、このあたりでいいか」

俺たちが足を止めたのは、村と川の中間地点にある平地だった。

背の低い草が生い茂り、土も柔らかい。もし村の人間が新しい畑を作るなら、この辺だろう。

「ここの土を使って品種改良実験を行う。ヴァルゴ、土壌と水の成分分析頼む」

『いいけどよォ。おいレオ、今度は約束忘れんなよ』

すとん、と可愛いぬいぐるみらしからぬ綺麗なフォームで地面に降り立ったヴァルゴが、げしげしと俺の足を蹴ってくる。

「わかってるよ。この仕事でお前たちがしっかりと成果を上げたなら――」

『俺にちゃんとしたボディを与えろ。先日から続いてるカナンの監視措置も解いてやれ』

「ああ。約束は守るから、安心しろ」

『分かってるなら問題ねえ。成分分析なんざ速攻で終わらせてやるよ！　見てろ！』

「……ね、ねえ、ちょっとレオ。ねえ」

さっそく土をいじりだすヴァルゴを見、カナンが心配そうに話しかけてきた。

俺は鞘に入れたままの剣を地面に押し付け、畑にする区画がわかりやすいように溝をつけながら、それを聞く。

「とりあえず、第一弾は百メートル四方もありゃあいいかな……なんだよカナン？」

「なんだよじゃないわよ！　きょっ、兄弟なら分かるでしょ？　成分分析って……！」

ついてきたカナンが声を荒らげる。どうも、ヴァルゴに成分分析をさせるというのが納得いかないようだ。

「別におかしかないだろ。生命操作や生命探知の術を応用すれば、土中や水中の成分調査もできる。知らないのか？」

「知ってるわよ！　そりゃ、ジャンル的にはあいつの得意分野なんだろうけど！」

「けど？」

「………。あいつは、あのヴァルゴよ？　ド脳筋よ？」

声のトーンを落としたカナンが、ひそひそ声で俺に囁いた。

「ぶっちゃけ、知能レベル的にはちょっと賢い大型犬みたいなもの……いや、下手をすれば犬とさして変わらないわ。無理でしょ……？」

……ああ、なるほど。

そういうことか。こいつは、ヴァルゴの一側面しか知らないようだった。

確かに、ヴァルゴはＤＨ（デモン・ハート）シリーズの中でもだいぶ粗暴なやつだ。深いことは考えず、強敵を見かければとりあえず正面から殴りかかり、ちょっと複雑な話をすると『そういう話は興味ねえ』とすぐにそっぽを向く。

カナンが彼のことをド脳筋だと思うのも無理はないし、事実、俺も最初はそう思っていた。

しかし、違うのだ。

俺の知るヴァルゴは、やれ面倒だとか興味がねえだとかは言うものの、『難しいことは分からない』とは言わない男だった。彼は短気な上に粗暴ではあるが、馬鹿ではないのだ。

会話のテクニックの一つに、『あえて場の空気を読まない』というものがある。正確には、場の空気を読み切った上で、あえて空気をブチ壊すような一言を差し込み交渉の主導権を握る——という、少々荒っぽいテクニックだ。

場の空気が『読めない』のと、分かった上で意図的に『読まない』のは、違う。ヴァルゴの知能レベルについても、概（おおむ）ねそれと同じことが言えた。

『レオ』

「おう、分かったか」

畑となる区画に線を引きつつ一周してくると、ちょうどヴァルゴの方も土の分析を終えたところのようだった。土から手を引き抜き、汚れを払いながら報告してくる。

『まず、魔術的な観点から述べるぞ。やはり四元素すべてが汚染されてる。土のノーム、水のウンディーネ、火のサラマンダー、風のシルフ……精霊もちょっとおかしくなってるんだろうな。濃厚な魔素（マナ）が伝搬しないよう、種や苗を植える時は抗魔術防御を三重にエンチャントしろ』

「……!?」

いっしょに報告を聞いていたカナンが思わず固まった。

――なんだこいつは！　ヴァルゴはこんな頭の良さそうなこと、言わない！

いかにもそう言いたげな顔だった。

「抗魔術防御か。対土、対水……あとは対風か？」

『対火も怠るな。地熱経由で、汚染された火の魔素（マナ）が土の中に溶け込んでる』

「わかった。科学的な観点は？」

『……ここも昔は戦場だったんだろうな。たぶん、魔界の錬金術師（アルケミスト）どもが怪しげな毒薬を使いまくったんだろう。第二種特定有害物質——水銀、鉛、二硫化セレン、シアン化合物やヒ素に近いものまで溶け込んでいる。微生物分解（バイオレメディエーション）出来るものは俺の方でやるから、それ以外はお前の方でなんとかしろ』

「ＯＫ、十分だ！　さすがヴァルゴ先生、おみそれしました！」

『なにがセンセイだ。テメーもやりゃあ出来るだろうに』

「俺の技術はどこまでいっても他人の模倣だからな。専門家には一歩及ばないっていうか……ぶっちゃけ、かなり疲れるんだよ。こういう分析は、やっぱお前みたいな生命操作の専門家にやってもらった方がいい」

　これは割と本当のことである。

　俺——DH-05［レオ］の特性は、超成長。どんな技能でもコピーして自分のものにしてしまう。無限に成長し、無限に強くなる個体……一見すると無敵に見えるだろう。
だが、本来備わっていない力を無理やり獲得するのだから、専門家と比べて疲労も激しい。

　言ってみれば、イタリア料理の超一流シェフが和食を作るようなものである。そりゃあ、超一流を名乗るからにはそんじょそこらの奥様よりは美味（おい）しい和食を作れるかもしれない。

が、その道の専門家には勝てないし、なにより疲れる。イーリス王国でのヴァルゴとの戦いでも、超再生能力ではあちらに一歩上をいかれたしな。

そのあたりを思い出したのか、ヴァルゴはそれ以上言及しなかった。黙って頭を振り、

『まァ、いいけどな。今のうちは頑張って仕事してやるよ。お次はなんだ』

「次は水だな。川はすぐそこだし、ちょうどいいだろ」

『あいよ。土の解析データはこれにまとめてあるから、確認しておけ』

言いながら、こぶりなメモ帳を投げつけてくる。中にはびっしりと文字が並んでおり、土の構成成分や汚染物質が詳細に記されていた。

《銀霊筆記（ゴーストライター）》という呪文だ。己が口にしたこと、あるいは思考そのものを『文字』として、様々な媒体に転写する特殊記録用呪文。

……驚きだったのは、魔界の土の構成成分が人間界（地球）のそれと殆（ほとん）ど変わらなかったことだ。

割合にすれば、実に九十六％が一致！　これはもう、ほぼ同一と考えていい。

俺が生まれた頃――二〇六〇年の科学者たちは、地球に侵略してきた異世界人、魔族どものふるさとである魔界について色々と研究を重ねていたのだが、その中の一つに『魔界は遠い宇宙の彼方（かなた）に存在する、地球の小規模コピー惑星なのでは』というトンデモ説があったことを思い出した。

当時は歯牙（しが）にもかけなかった学説だが……なんというか、こうして実際に魔界の土を踏んでみると、あながち間違いでもなかったのかもしれない。

「ええ……嘘（うそ）でしょ……」

「……なんだお前？　まだショック受けてたのか」

「だって……あのヴァルゴよ？」

未（いま）だにヴァルゴ・インテリジェンス・ショック（ヴァルゴがこんなに頭いいわけないショック）から立ち直れていないらしい。俺の隣に立つカナンは、アホみたいにぽかんと口を開けていた。

「お前、ヴァルゴから俺たちの出自は聞いてるんだよな？」

「き、聞いたわよ。三千年前、魔王ベリアルの侵攻に対抗するために人間界の魔術師たちが作ったホムンクルス……みたいなものだって」

「そう、俺たちは科学文明出身だ。当時の科学の粋を集めて造られ、あらかじめあらゆる分野の知識をインストールされた上でこの世に生まれた。たった十二人しかいない、人間界最強の決戦兵器――そんな存在を、当時の科学者たちが『ド脳筋のアホ』に設計すると思うのか？」

「……お、思わない……確かに……！」

「そういうことだ。俺たちは人類の守護者として、あらゆる知恵を持ってるんだよ。ヴァルゴは、単にそれを表に出さないだけだ」

複雑な表情をしているカナンに向かい、ドヤッ、と胸を張る。

ふふん、そうとも！　俺たちはD H（デモン・ハート）シリーズ。人間の心と悪魔の力、その両方を宿して生まれた、世界の救世主！

魔術や体術、白兵技能といった戦闘の基本スキルは勿論（もちろん）のこと、言語、軍事学、民俗学、テーブルマナーや音楽の才能まで素体の段階で調整されている、不老不死の超人――それが俺たちなのだ。見くびってもらっては困るのだよ、カナンくん！

「……もしかして、あんた達ってメチャクチャすごい奴（やつ）らなの……？」

「一言で言うならそうなるな」

カナンがはじめて、俺に向けてちょっとした畏敬の念を向けた。ようやくD H（デモン・ハート）シリーズがどういう存在かを認識したらしい。もともと敵対していたこともあってカナンとはギクシャクしていたから、こうやって徐々に心象を良くしていけるのはありがたいことだった。

――ともあれ、だ。

土の汚染状況は分かった。生命操作の専門家であるヴァルゴがいるのだから、人間界から持ってきた種や苗を品種改良するのもそこまで手間はかかるまい。

俺の目の前に広がる広大な空き地。時間操作呪文を活用すれば、この畑いっぱいにおいしい野菜やお米が実るのも、そう遠い日ではないはずだ！

はははっ、見たか！　これがＤ Ｈ(デモン・ハート)シリーズの力だ！

食糧問題恐るるに足らず！　フハハハーッ！

…………だが。

そんな俺の驕(おご)りは、三日後に近くの村で開かれた試食会で脆(もろ)くも崩れ去ることになる。

「……うーむ。この野菜は……」

「ん？　どうした村長、おかわりならいっぱいあるぞ？」

「いえ。その、なんというか……レオ殿の苦労を考えると、大変申し上げにくいのですが……」

村長の老エルフが首を振り、木製フォークをテーブルに置いた。

「この野菜、あまり美味しくありませんな……」

「へ？」

周囲を見回すと、他の連中も同じだ。細切れにしたレタスやキュウリを、塩とオリーブオイルであえたシンプルな野菜のサラダ。その大半が残されたままで、誰も手を付けようとしていない。

……訂正。

食糧問題、結構難しいわ……これ……。

2．『見た目』の重要度を侮るな

「――《雷槍撃》！」

『ギュロロロロロォォ――――！』

試食会の数日後。

畑に入り込もうとしていたワニのような魔獣を適当な呪文で撃破し、俺は何度目か分からない溜め息をついた。

「おいカナン、畑に張ってある呪術結界をもう一段階厚くしろ。悪意を持って畑に侵入しようとする奴、作物を勝手に食べようとする奴は問答無用で半殺しにされるくらいでいいぞ」

「分かってるわよ。そっちこそ仕事は進んでるわけ？」

「……難航してるな。ハッキリ言って……」

いま俺たちが居るのは、畑の横に急遽用意した掘っ立て小屋だ。小屋の中央に置かれた粗末なテーブルでは、一人の少女が畑で採れた野菜をバリボリ齧っている。

「カナン、おかわり！　あたしキュウリがいいな〜！　キュウリ！」

「はい、はい。いまお持ちいたします、リリ様」

「味噌もね〜！」

四天王の一人、《無慈悲の牙》リリ。担当部署は、食料や装備の手配を担う兵站部門。人の身体に犬耳と尻尾を持つ、元気と食欲が取り柄の半獣人だ。

試食会のあと俺が最初にやったのは、このリリを農園へ招くことだった。

兵站担当として、農園の正式稼働前に下見をさせておきたかったというのもあるが――やはり一番大きいのは、試食係としての役割である。

リリは生粋の人間界育ちだ。なんでもバクバク食べる奴だが、やはり人間界の食い物が一番舌に合っていると見えて、魔界産のそれと比べると人一倍食べる。俺もカナンもそこまで大食いではないから、採れた野菜の試食係にはうってつけだった。

――魔界の土で育つよう品種改良された、人間界の食べ物。

それが、マズい。試食会の結果はそういうことだった。

〃もしかすると、無理な品種改良のせいで味が悪くなっているのでは〃？　そう思った俺たちは、畑で採れた野菜をリリに食べさせ、味の改良を重ねようとしたのだが……。

「おいしい！　おいしい！」

〃10点〃の札を掲げ、あっという間にキュウリを食べきってしまうリリ。

「じゃ、次はこれだ。トマト」

「おいふぃ！　もいふぃ！」

〃10点〃の札を掲げ、あっという間にトマトを食べきってしまうリリ。

「おいリリ。ちょっと。こら」

「なーに？」

「お前、テキトーに点数出してないよな？」

「出してないよう！　美味しかったら10点、まずかったら0点で、ふつうが5点。でしょ？」

「ちょっと違うが、間違っちゃいないな。じゃ、なにか？　いまお前が食った野菜は……」

「ぜんぶ美味しかったよー！　レオにーちゃん、農家もできるんだ！　すごいすごい！」

「やめろ、口元のトマト汁を拭け！　服が汚れる！」

「あっ、ごめんごめん！」

「俺の服で拭うな！」

尻尾をぱたぱたと振りながら俺に抱きついてくるリリ。こいつはとにかくこの純粋さがウリで、嘘がつけない性格だ。マズいならマズいと言うはずである。

つまり──味は問題ない。

だいいち、生粋の魔族であるカナンだってここの野菜は味見済みなのだ。そのカナンから文句が出てこない以上、人間界の味が魔族の舌に合わないということは……ないはずだ。

「加えて、これよね。問題は」

カナンがぴらぴらと振っている紙切れは、彼女の師匠──王都で事務仕事を担当している四天王シュティーナから送られてきた市場調査レポートである。これも俺たちの頭痛の種だった。

「ああ。シュティーナからの報告だから、嘘とは思えないしなあ……」

「あったり前でしょ！　お師匠様の報告はいつだって完璧よ！」

「わかってるって。だから困ってるんだ」

シュティーナの報告によると、王都の市場では、人間界から輸入した食べ物の売上がだ

10

んだんと落ちてきているらしい。最初はみんな物珍しさで買っていたのだが、じきに魔界の食べ物に戻っていったらしいのだ。

商店や酒場で取ったアンケートによると、

『たしかに、魔界の食べ物はマズい』

『人間界の食べ物は、魔界の食べ物より美味しい。それは間違いない』

『だが、どちらを食べたいかと聞かれたら、食べたいのは魔界の食べ物』

——という、なんとも意味不明な答えが多かったらしいのだ。

ぬいぐるみヴァルゴもテーブルの上にのっかり、俺たちは揃って唸り声をあげた。

「どういうことだよ……美味いのが人間界の食い物なら、食べたいのも人間界の食い物になるはずだろ……？　なんでわざわざマッズい魔界の食べ物を選ぶんだ？」

『〝美味しいのに食べたくない、その理由はなんでしょう？〟か。なぞなぞみてェだな』

「カナン～、もう試食おわり？　お昼寝していい？」

「あっはい、大丈夫ですよ。そちらのベッドをお使い下さい」

『寝かしとけ寝かしとけ。そいつが起きてるとうッさくてたまら……おいやめろ！　俺を抱きまくらにしようとするな！』

「ちぇー」

ヴァルゴが身を捩り、リリの懐から脱出した。リリはそのままベッドで丸くなり、数秒後にはぐーすかぴーと寝息を立て始める。

こうして見ているとこのリリ、無邪気でのんきなアホ娘以外のなにものでもないのだが……実際はドラゴンすら一撃で屠り、この俺すら手こずらせる凶悪な四天王である。人は見た目によらない、とはよく言ったものだ。

「カナン。お前はどうなんだ？」

「なにが？」

「俺やヴァルゴと違って、お前はこっち出身の魔族だろ。人間界の食べ物が口に合わなかった経験とか、マズいはずの魔界の食べ物を無性に食べたくなった経験とか、そういうのはないのか？」

「んー……無いわね、悪いけど。そりゃ、最初に人間界に行った時は驚いたわよ。緑色の葉野菜を生で食べるとか、正気とは思えないし」

「ああ。そういや、緑色の食べ物ってのは魔界だと敬遠されるんだっけか」

俺も魔界に来てから知ったのだが、緑色というのは魔界において毒のイメージが強く、緑色の食べ物というのはあまり一般的ではないらしい。

料理や食べ物の見た目というのは非常に重要だ。見た目が悪い料理というのは、どんなに味が良くても、どんなに栄養価が高くても見向きもされないことが多い。以前、俺が料理ギルドに所属していた時もそうだった。

あの年はとにかく紫芋と紫キャベツが豊作だった。ギルドが直営しているレストランでも、その二つを使った『紫メニュー』を出しまくったのだが——それが思った以上に不評で客離れが起き、大変なことになってしまったのだ。

たとえば紫芋のスープ。青紫色の濁ったスープに各種野菜を入れて煮込み、コンソメや塩、コショウで味付けするものなのだが、一番不評なのはこれだった。

味には自信があったのだが、なにせ見た目が悪い。毒々しい青紫色の液体というだけで食欲を失う人間が多いうえに、そのスープで念入りに煮込まれた具材もまた、軒並み腐敗したような青紫色に染まっている。残す客は後を絶たず、固定客は六割減。危うくレストラン自体が潰れかけた。

この一例からも、食べ物の見た目は重要なファクターだということがよくわかる。

魔界の食べ物は魔素(マナ)汚染のせいか、変な触手が生えていたり、捻じくれていたり、何かとグロテスクなものが多い。今回の品種改良ではそうならないよう、細心の注意を払って見た目を維持し、人間界で慣れ親しんだそのままの形で食卓へお届けしているのだが——。

「——あっ」

『あ？』

「え、どうしたの？」

ヴァルゴとカナンがこちらを見るが、今の俺はそれどころではなかった。

そ、そうか……！　分かった！　分かったぞ！

俺は最初から答えを知っていた！

『美味しいし、栄養もあるんだけど、食べたくない』。そんな問題を解決するキーワードは、味や栄養価ではなく――『見た目』だったんだ！

「わかった、わかったぞ！　いいか二人とも。重要なのは……」

そうと決まれば話は早い。俺が説明しようとした、その時だった。

――ドン、ドドドドン！

連続した爆発音と共に、小屋全体が大きく揺れた。

何かが至近距離で爆発したらしい。最初は上から、続いて今度は真横から衝撃が来る。

「……だあーっ！　誰だよ⁉　せっかくいいトコだったのに！」

「ボーっとしてんじゃないわよ。外見なさい、外」

「外？」

面倒臭そうな顔で窓の外を指差すカナン。その方向に目をやると――なるほど。

盗賊団か何かだろうか？　ガラの悪い男たちが、ゆっくりと俺たちのいる小屋へ近づいてきているのが見えた。

その数、実に十数人。こちらはぬいぐるみのヴァルゴを入れても四人しかいないのだから、数だけ見れば完全に不利だ。小屋の屋根がじわじわ燃え出しているところを見ると、今の衝撃はあいつらが《火炎矢(ファイアーボルト)》あたりを放ったのだろう。

炎や水で建物を攻め、パニックになって飛び出してきたところを、集団でボコる。

これは、腕の立つ騎士団や傭兵(ようへい)団でも採用されているポピュラーな戦法である。さすがは魔界、身内で戦争ばっかりやってきた修羅の国なだけはある。ただの盗賊団であっても、けっこう頭が切れるようだ。

「──ヒャッハー！　小屋ん中のヤツ、大人しく出てきやがれ！」

「諦めて小屋と畑、あと有り金全部を差し出しな！　そうすりゃ命だけは助けてやるよ！」

「まあ……女の方は俺たちのオモチャになって貰(もら)うけどな。ヒャーッハッハー！」

「ヒーッヒッヒッ！」

……前言撤回。どこに行っても変わらないな、こういう連中の知能レベルは……。

俺は威力をギリギリまで落とした《水球撃(ウォーターボール)》で火を消し止めながら、小さく溜(た)め息(いき)をついた。

おそらくこいつら、俺たちが農場を始めたことを聞きつけてやってきたのだろう。

育てているのは、市場で高級品扱いされている人間界産の野菜や果物。それに加え、農場側の戦力が貧弱そうなのもこいつらを勘違いさせるのに一役買っているようだった。

なにせメンバーがメンバーだ。今この農場にいるのは、いかにも非力そうなサキュバス（カナン）と、これまた弱そうなヒョロい純人間（俺）、そして子供のリリの三人。ヴァルゴに至ってはぬいぐるみの姿だし、戦力にすら数えられていないだろう。

そりゃあナメられるよなあ……。こんなの、襲って下さいと言っているようなものだ。

だが、この事実。見た目でナメられているという事実こそが、先程ひらめいた俺の仮説を裏付けるものとなっていた。やはり、見た目というのは非常に重要なステータスなのだ。

「なるほどなるほど。俺の考えは正しかったみたいだな。うん、良かった」

『なに一人で納得してんだよレオ。野菜が駄目になる前にブチ殺すぞ』

「さすが魔界ね。こういうクソみたいな絡（から）まれ方すると、地元に帰ってきた～って感じがするわ。……全員殺していいわよね？　ナメられたら終わりだし」

物騒なことを言いながら、ヴァルゴとカナンが外へ出ようとする。

「不本意だけど、しばらくは本腰入れて農園仕事するしかなさそうだわ。ここはビシッと皆殺しにして、〝近寄ったら死ぬ〟って他の盗賊団にも教えてやらなきゃ」

「いや、その必要はない」

俺は首を横に振り、カナンの言葉を否定した。

「あいつらは殺さず生け捕りにしてくれ。明日にはここを引き払って別の地域に旅立つから、あいつらは農場の労働力としてコキ使うことにする」

「は？　どういう意味？」

「なぞなぞが解けたんだよ。〝美味しいのに食べたくない、その理由はなんでしょう？〟――の答えがな。説明したいが、今は迎撃が優先だ。俺は品種改良に取り掛かるから、連中の処理は頼む。んじゃっ」

「……ちょっ、レオ？　ちょっと！」

背後で騒いでいるカナンを放置し、俺は作業用に隔離された奥の部屋に移った。そして収穫したばかりのトウモロコシを手に取り、《物質変性(オルタレーション)》の呪文を使って野菜の見た目だけをいじりだす。

――俺の予想が正しければ、食糧問題はこのやり方で解決するだろう。

〝美味しいのに食べたくない、その理由はなんでしょう？〟――。この問題は、『人間界の食べ物を、見た目だけ魔界の食べ物と同じにする』ことで、まるっと解決するはずだ！

3. はじめての相棒

「んもー！　なんなのよあいつはーッ！」

レオが作業室に籠もった直後。

あたしはありったけの愚痴をぶちまけながら、ヴァルゴと一緒に小屋の外へ出ていた。

男どもの視線がいっせいにあたしに集中するが、そんなことは心底どうでもよかった。

「出てきたなァ～！　おい！　俺たちはなあ、泣く子も黙るクライン盗賊団様よ！」

「ずーっと黙りこくってたと思ったら、急に〝分かった〟ですって？　しかも雑魚（ざこ）退治はあたし達に丸投げ⁉　一人で勝手に考えて、一人で勝手に解決するんじゃないってのッ！」

『もっと言ってやれカナン。俺らＤＨ（デモン・ハート）シリーズは何かと単独行動が多かったからな。ついつい自分一人で考えて、自分一人で結論を出しちまう。悪いクセだ』

「……アンタが言うとすっごい説得力あるわね。レオも昔からそういう性格だったわけ？」

「おい聞けッ！　俺たちはなあ！」

『いや、昔はもっと優等生で、物静かで、落ち着いたやつだった』

「へえー……ぜんっぜん想像できないわね」

『レオの変わりようは凄いぜ。いやマジで。三千年前のレオの姿をお前に見せてやりたいもんだ、絶対に笑えるぜ。保証する』

「思い出話でもいいわよ、聞かせて聞かせて！　どんな感じだったの？」

「あ、あのー……ちょっと……」

「何よもう！　うっさいわね！」

ヴァルゴと話してるのに、さっきからどうも横槍がうるさい。声のする方を向くと、そちらには畑を囲むようにして突っ立っている盗賊どもがいた。

ああ、そうだ、こいつらが居たんだった。あまりに雑魚オーラが強すぎて忘れてた……。

あたしはしっしと手を振り、

「ほら、見逃してあげるからさっさと失せなさい。二度と農園に手を出さないと誓うなら、無傷で帰してあげるわ。こんなところで死ぬのはイヤでしょ？」

「ザケんじゃねえ！」

先頭に立つ人狼の男が大型のナイフを振り回した。トウモロコシが一本二本、茎ごとぶった切られて地面に落ちる。

ああもう……！　畑を奪いに来たのに、自分から作物をダメにしてどうするのよ！

これだから魔界の蛮族って嫌い。ホント嫌い！　インテリ以外は全員死ねばいいのに！

「いいかァ？　俺たちはなあ、泣く子も黙る、クライン盗賊団様よ！」

「ふーん」

ずい、と人狼（ワーウルフ）が前に出た。こいつがリーダーなのだろう、他のやつらは一歩引いたところで成り行きを見守り、いつでも応戦できるような構えを取っている。

……無駄なことだ。本当に、無駄なことである。

この畑の周囲には、あたしの呪術結界が張り巡らされている。このナントカ盗賊団は既に全員、その結界内にどっぷり浸（つ）かりきってしまっているのだ。

呪術師（カースメイカー）の結界に無策で入り込んでいる時点で、こいつらの負けはまず確定。実力の程も知れている。そんな奴（やつ）らがどんな構えを取ろうと、どれだけ警戒しようと、もはや手遅れなのである。

「今日からこの小屋と畑はクライン盗賊団のモノだ。死にたくなけりゃあ、金目のものを全部差し出してこっから失せな！」

「小屋と、畑と、お金ね。それだけでいいの？」

「いいや。ナメた口を利（き）いた罰だ。お前も戦利品として扱わせてもらおう」

男たちのねっとりとした視線があたしに集中した。

……あたし、自慢じゃないけど、サキュバスとしてはかなりこう……魅力に欠ける方だと思うんだけど……。女ならなんでもいいのかしら、こいつら……。

「お前は今日からこのルード・クライン様の愛人だ。そのかわり、お前の夫は見逃してやる。悪い条件じゃねーだろう？」

「ふん。最初っから見逃すつもりなんかないくせに……え？」

は？

聞き違いかな？　今、こいつ、なんて言ったっけ……？

「なに？　夫？　……誰が？」

「しらばっくれてんじゃねえ、家の中に閉じこもってるヒョロい純人間のことだ！　テメーらが毎日毎日イチャイチャしながら土いじりしてたのは全部知ってンだよォ！」

思わず聞き返してしまったあたしに、ルードなんとかが唾を飛ばしながら怒鳴った。

ヒョロい純人間。夫。まさかリリ様のことではないだろう。

つまりこいつらは、レオをあたしの夫だと勘違いしているのだ。

「夫婦で仲良く畑を耕してスローライフとか考えてたんだろうが、残念だったなァ！　お前らのスローライフはここで終わりを迎えるのよォ、ハーッハッハッハァー！」

「…………」

ふるふると震えるあたしを見て『怯(おび)えている』と思ったのか、盗賊どもはニヤニヤとした顔をこちらに向けている。

怯えているわけではない。今のあたしを支配しているのは百％純粋な怒りだった。

よ、よりによって……。

あたしが不在の間に、いつの間にか魔王様やお師匠様を骨抜きにしていたクソ虫(レオ)と一緒に仕事をするだけでも、耐え難(がた)い屈辱なのに……。

よりによって、よりによって！

あいつと夫婦扱いされるなんて！

──うん、決めた。決めたわ。

殺そう！　こいつらは、できるだけ苦しめてから殺そう！

からん、からん──。もはや警告は要らない。あたしは腰に下げていたハンドベルを鳴らし、その場の全員に呪言を投げかけた。

「おいッ！　変なマネを……」

「《律言縛身、四肢封印》。闇の精霊シェイドと、暗黒の神ハデスの名のもとに告げる──クライン盗賊団よ、その場を動くな」

「うっ⁉」

盗賊どもの動きが一斉に止まった。

先頭に立つ人狼（ワーウルフ）ルードだけではない。他の全員……実に十数人いる盗賊全員、大の男どもが、揃（そろ）いも揃ってピクリとも動けないでいる。

「なッ……なんだ⁉　動けねえ！」

「お頭ァ！　こっ、これ、呪術だ！　この女、呪術師（カースメイカー）ですぜ！」

「なんだとォ！」

「ほんとに救いがたいバカたちね。術中に嵌（はま）ってから気づいてどうするのよ」

これがあたしの――呪術師（カースメイカー）の戦い方だ。呪術師（カースメイカー）は武器らしい武器を持たないが、かわりにこうして、様々な呪文が付与（エンチャント）されたベルやオーブを使って戦う。

このベルに付与（エンチャント）されている呪文は《麻痺呪（カースドパライズ）》。ただ念じながらベルを鳴らすだけで――意識を保ったまま四肢の自由だけを奪う、恐るべき呪具だ。

原理としては、古代の呪具『マニ車』と同じだ。ベルの側面には呪言が刻まれており、更にベルの内部にも《麻痺呪（カースドパライズ）》のスクロールが内蔵されている。ただ念じながらベルを鳴らすだけで、詠唱無し・即時発動の呪いが対象に降りかかる。

そしてなにより、呪術結界！

いま立っている畑を中心に、あたしの呪術結界は蜘蛛(くも)の巣(す)のように張り巡らされている

わけだけど――この結界内では、呪言の効力が通常の三倍から五倍にまで膨れ上がる。

『結界に無策で入り込んでいる時点で負け』というのは、こういうことだ。

誘い込んで、殺す。これが極悪ダンジョン職人とうたわれたあたしの力。四天王シュテ

イーナ様の一番弟子、《迷宮高弟(メイズメイカー)》呪術師(カースメイカー)カナンの真骨頂！

あたしを非力な女と甘く見た盗賊どもは、超増幅されたベルの音を至近距離で聞いてし

まった。呪いは体中に染(し)み込み、もはや指先一つ動かせないだろう。

結界に相手を取り込んだ時点で、勝利はほぼ確定。

あとは、ただ静かに命ずるだけで戦いは終わる。こんな風に。

「《自壊勅命》。ルード・クラインよ、自害――」

『おいカナン。殺すなよ』

ヴァルゴの鋭い叱咤(しった)が飛んだ。チッ。運のいいやつら……。

どうしようかな。手、腕、脚、足――よし、脚でいいや！

「《自壊勅命》。ルード・クラインよ、死なない程度に自傷せよ」

ざくり！

「ウギャアアアーッ!?」

あたしが命令を下すと同時。ナイフを握ったルードの手がひとりでに動き、自分の太ももに深々と刃を突き立てた。

あたしの呪いは、ただ身体を動かせなくなるだけではない。文字通り『身体の制御を奪う』のだ。さすがにレオや魔王様、お師匠様のような格上の相手には《無効化》されるが——この通り、格下の雑魚には効果てきめん。やりたい放題である。

「ちょっと浅かったかな？ 《自壊勅命》。重ねて、死なない程度に自傷せよ」

ざくり。ざくりざくり！

「ウギャーッ！ ギャーッ、ギャーッ！」

「あ、他のも同じね。えーと、エイドン・オウマ。死なない程度に自傷せよ。ケン・グラスター、死なない程度に自傷せよ」

「なっ、なんで……俺は名乗ってなっ、名乗ってないのに、ギャ——ッ！」

「あたしを誰だと思ってるのよ。大魔術師シュティーナ様の一番弟子よ？ 相手からの名乗りなんか必要とするわけないでしょ」

今あたしが発動させている呪文は《死神の目》。これを使うと、相手の名前がそれぞれの頭上に表示されるようになる。もともとはどこぞの呪術師が編み出した術だ。

『えっ、名前が見えるようになるだけ？ ショボッ！』と思うかもしれないし、実際ショボい術ではあるのだけれど、こと呪術師(カースメイカー)が使えばそうではない。あたしたち呪術師(カースメイカー)にとって、相手の名前を握るというのは、〝相手の命を握る〟のと同義なのである。ご覧の通り。

ざくり！

「ギャーッ！」

ざくざく！

「ウギャーッ！」

「うぐぐッ……ぬおおおーッ！」

「おー。思ったよりガッツがあるわね」

このまま楽しい自傷パーティーが続くかと思ったが、そうはならなかった。

唯一、人狼(ワーウルフ)ルードだけが呪いを強引に《無効化(レジスト)》したのだ。さすが腐ってもリーダー格、それなりの実力はあるらしい。

「ハーッ、ハァーッ……こ、このアマァ……！　女だからってもう容赦しねえぞ！　アジトに連れ帰って、死ぬより恐ろしい思いをさせてやる！」

「まあ怖い。謝ったら許してくれる？」

「許すわけねーだろがーッ！　この世に生まれてきたことを後悔させてやるぜーッ！」

見れば、他の男どもも徐々に身体の自由を取り戻している。

口々にあたしを罵りながら剣を抜き、こちらに殺気を向けている――捕まればただでは済まされないだろう。これは間違いなく、緊急事態というわけだ。

「そ。なら仕方がないわ、正当防衛よね。――ヴァルゴ、いい？」

『当たり前だ。さっさとやれ！』

あたしは、肩の上に乗ってきたヴァルゴをひっつかみ、思い切り空中に放り投げた。

「あァ？　なんだ？　ぬいぐるみ……？」

「……今は、ね」

今のヴァルゴは、ただの可愛いぬいぐるみである。彼本来の姿――二十歳前後の青年という姿からは程遠い。彼本来のボディは、三千年前の魔王ベリアルとの戦いで失われてしまっている。

だが、違うのだ。

農園仕事がはじまる直前、ヴァルゴが『俺にちゃんとしたボディを与えろ』と言っていたことからも分かる通り、限りなくオリジナルに近いボディは、現代の技術で作ることができる。

実のところ、そのボディは既にヴァルゴに与えられている。レオから教わったキーワードをあたしが口にすれば――ヴァルゴは一時的に、元の姿に戻ることができるのだ！

緊急時にしか使うなと念押しされているが、今は緊急時ってことでいいはずだ。なにせ荒くれ者に囲まれて、あたしの操（みさお）がピンチなんだし。

むしろ、これが緊急じゃなかったら何が緊急なんだって話よね。正当防衛よ、正当防衛。

「お膳立てはしてやったわよ。好きに暴れなさい、ヴァルゴ！」

あたしは天に向かって手を挙げ、高らかにキーワードを叫んだ。

「《封印解除（プールナー・アーラーム）》！」

――ドン！

「うおっ⁉」

「……っ！」

あたしの頭上。ぬいぐるみのヴァルゴを投げた先で、凄（すさ）まじいエネルギーが迸（ほとばし）った。

まるで太陽が間近に具現化したかのような熱と光、生命力！　その光量から、盗賊たちは目くらましの術かと勘違いしたことだろう。あたし自身ですらちょっとびっくりしたくらいだし。

もちろん、目くらましなどではない。これは目くらましよりも遥かに極悪な術だ。

自分にケンカを売ったやつは許さない。そう公言する戦闘狂、DH-06［ヴァルゴ］を呼び覚ましたのだから……！

天空から、熱と光の主が落ちてくる。彼は片膝をつく形で地面に着地し、しばし黙り込んだあと、満足げな笑い声をあげた。

「ふ……フフフフ」

光が晴れていく。

そこに立っているのは——もはやぬいぐるみではなかった。

「くくくくっ！　クハハハハハハハハハハッ！」

背の高い銀髪の男がゆっくりと立ち上がる。

そして、歯をむき出しにして愉快そうに笑った。——全裸で。

「戻ったッ！　戻ったぞ！　俺の腕……俺の脚！　正真正銘俺の肉体だ！」

「ギャーッ‼　ちょっとヴァルゴ、服！　なんでもいいから服着て、服！」

「見ろカナン、絶好調だぜ！　これならレオもエキドナも十秒で殺せる！」

「いいからあっち向いて——っ！」

子供のようにはしゃいでシャドーボクシングをするヴァルゴは、ある意味では無邪気で

可愛い存在だった。発言がもう少しマイルドで、かつ全裸でなかったらなお良かったのだが。

これが、あたしの作ったぬいぐるみボディにレオが追加した新機能。マスターであるあたしの権限により、一時的にヴァルゴを本来の姿に戻す——《封印解除(ブールナー・アーラーム)》機能である。

「ああ……ぬいぐるみも悪くねえと思いはじめてたところだったが、やっぱダメだな。フツーの肉体が最高だ。こっちの方が見た目も機能も一億倍いいぜ！　ハハハハーッ！」

……はあ……。

高笑いを続ける全裸のヴァルゴと、あっけに取られて動けない血だらけの盗賊団。地獄のような光景から目を背けつつ、あたしはレオから受けた説明を思い出していた。

『——ヴァルゴは三千年間、コアだけの状態で地中に埋まっていた。俺なら、限りなくオリジナルに近いヴァルゴのボディを新造することもできるんだが……まずは負荷の弱いボディから徐々に慣らしていきたいと思う』

『あたしの作ったぬいぐるみボディのことね。確かにあれなら、ヴァルゴの負担にはならないと思うけど……戦闘時はどうするわけ？　ぬいぐるみのままじゃ戦えないでしょ』

『戦闘時は、さっき教えた《封印解除(ブールナー・アーラーム)》の呪言を使え。人間形のボディを粒子段階にまで分解して、あのぬいぐるみに編み込んだ。《封印解除(ブールナー・アーラーム)》した時だけ人間形のボディが実体化し、ヴァルゴは本来の姿に戻れる。戻す時は《封　印(デナー・アーラーム)》と唱えればいい』

『……ずっとあの姿のままじゃダメなの？　あいつも、ぬいぐるみの姿なのは不本意なはずよ』

『本当はそうしたいんだけどな……。せっかく、奇跡的に再会できた兄弟なんだ。つまらない事故でヴァルゴを失いたくはない。慎重に行こう』

――それがレオの言い分だった。

兄弟想(おも)いというか、過保護というか……。勇者レオはとにかく傲慢なやつだと思っていたから、こんな一面があるとは意外だった。

今回の仕事にあたしとヴァルゴが連れてこられたのは、このボディの試運転という意味もあったのだ。魔界の治安的にも、どこかでこういうチンピラとは戦うだろうと思っていたし。

……しかし、まさか《封印解除(ブールナー・アーラーム)》後に全裸で現れるとは思わなかったわ……。

これが町中だったらどうするつもりだったのよ、レオのやつ！

「――さて」

ひとしきり笑ってようやく満足したのか、ヴァルゴが《変装（ディスガイズ）》の呪文を無詠唱で発動させた。魔界の濃厚な魔素（マナ）があっという間に彼の全身を覆い、衣服を構築していく。

三千年前に彼が愛用していたという、合成素材で出来た黒いアームドスーツ。

その上からラフに羽織った、白い軍用ジャケット。

そこに立っていたのは……ヴァルゴ本来の姿、そのものだった。

「おいお前ら！」

「ヒッ⁉」

「アー……なんだっけ？　ナントカ盗賊団？　お前らはホント運がいいなァ～！　町内会の福引でハワイ旅行が当たるくらい運がいいッ！」

獰猛（どうもう）な魔獣のような息を吐き出しながら、ヴァルゴが盗賊たちに向き直った。

今のヴァルゴから立ち上る魔力は凄まじい。触っただけで――いや、近寄っただけで弱者は跡形もなく蒸発してしまいそうな、溶岩流のような獰猛な魔力が溢（あふ）れ出ている。

さすがのチンピラ盗賊も、絶望的な力量差を感じ取ったのだろう。じわじわと後ろに下がる。

「なにせ、このヴァルゴ様が復活する瞬間に立ち会えたんだからな。喜んでいいぞ！　お前らは……お前らは、特別に――」

ヴァルゴの姿が消えた。いや、消えたように見えただけだ。次の瞬間には既に人狼ルードの背後に回り込み、関節技をキメている。

肉体強化呪文を無数に重ねた、ありえないほどの急加速！　あたしの目では、とうてい追い切れない速度だった。

「があああああ⁉」

「特別に！　念入りに！　半殺しにしてやるから喜べよなァ！　クハハハァーッ！」

やや離れたあたしの位置からでも、ミシミシとルードの肩関節が軋む音が聞こえる。

ヴァルゴの特性は『超再生』。回復呪文はもちろん、その特性を生かした無理やりな身体強化も得意とする。そんな強化呪文マシマシの肉体からすれば、盗賊どもの動きはスローを通り越して止まって見えることだろう。

「か、頭ァ！　いま助けに……！」

「あっ動いてる。《律言縛身、四肢封印》。《自壊勅命》。重ねて命ずる、自傷せよ」

ざくり！

「イギャアアア――ッ！」

「オラどうした！　次！　かかってくるやつはいねェのかァ？　あァ～⁉」

「ヒッ……ひえぇーっ！」

こうなると、あとは脆(もろ)いものだ。盗賊団の大半は呪いで縛られ、肉体の自由を失う。運良く……いや、運悪く呪いから脱した者は、ヴァルゴによって更にひどい目に遭う。

あたしとヴァルゴ。二人の力で、クライン盗賊団は為(な)す術(すべ)もなく壊滅していった。

「クハァーッハッハッハァ！　おいッ！　おいカナンッ！」

「なによ！」

「やっとだな！　やっとテメーと二人で暴れられた。楽しいなァ、おい！」

「……そうね！」

ああ……思えば、呪術師(カースメイカー)になってからのあたしは、いつも一人でダンジョンに籠もっていた。

別に、籠もりたくて籠もっていたわけではない。あたしの呪術はともすれば他人を巻き添えにするし、ダンジョンのように狭い場所のほうが効果を発揮しやすいから——合理的に考えて、一人で戦ったほうが都合がよかったのだ。

だから、誰かと連携して戦うなんてことはしたことがなかった。シュティーナ様……お師匠様とすら、戯(たわむ)れに二、三回パーティを組んでみた程度だ。こうして、信頼できる誰かと肩を並べて戦うのは、ほぼはじめての経験だった。

ヴァルゴとの出会いは奇跡のようなものだった。

たまたまダンジョン拡張中に彼のコアを掘り当てた。

打倒勇者レオの臨時同盟を組み、イーリス王国で騒ぎを起こした。

だが、結果的に……あたしとヴァルゴ二人の力を合わせてもレオには勝てず、今ではこうして一緒に、同僚として過ごしている。

色々あったけど、ヴァルゴという男は、あたしにとって生まれてはじめての、心から背中を預けられる親友なのだ。そんなヴァルゴと出会う切っ掛けをくれたレオという男に、少しは感謝するべきなのかもしれない。

「そのまま押さえとけよォカナン！　一人ずつじわじわ潰していくからよォー！」

「分かってるわよ！」

いつの間にか笑っている自分を自覚しつつ、あたしたち二人は盗賊団を壊滅していった。

4．結局は『真摯な態度』が一番大事

——翌日。

畑を残して出発の準備を進める俺たちの横では、ヴァルゴの大声が響きわたっていた。

「よォしお前ら、もう一度だ！　もう一度、お前らを倒した偉大なる二人組の名前を言ってみろ。魔界中に響き渡るくらいの大声でな……！　さん、はい！」

「「ハイ！　僕たちを倒したのは、偉大なるヴァルゴさんと、美しいカナンさんです！」」

横一列に整列しているのは、すっかり丸くなったクライン盗賊団の皆さんである。性格だけではなく、彼らは頭も丸めた。せめてもの反省の証（あかし）……だそうだ。俺が品種改良を頑張っている間に、ヴァルゴとカナンにだいぶこっ酷（ぴど）い目に遭わされたらしい。

「よーし！　じゃァ、俺たちたった二人に負けたお前らは、いったい何者だ？」

「「十人以上でかかってもヴァルゴさんとカナンさんに勝てなかった、ウジ虫の集団です！」」

「オーケー！　じゃァ、そんなウジ虫どもはこの先どうするッ！」

「「死ぬまでこの農園で働きます！」」

「……おいお前ら。約束破ったらどうなるか分かってンだろうな？」

脅すような声色と共に、ヴァルゴの両目がぎらりと殺気を帯びた。

かわいそうに、それだけで盗賊団の連中は縮み上がり、ぶるぶると震え上がっている。

「いいな？　約束破ったら最後、カナンの《制約魔術（ギアス・スペル）》が発動する。お前らの肉体は内側から爆発して、内臓をぶちまけて死ぬ。有効期間はきっかり百年、効果範囲は魔界全域だ。

逃げられると思うなよ」

「ヒッ……か、勘弁してください！　ヴァルゴの兄さんとカナンの姐(ねえ)さんには、もう二度と！　けっして！　逆らいませんので……！」

「農園を狙う魔獣や他の盗賊団も撃退するか？」

「もちろんです！」

「がんばります！」

「俺たち、今日から盗賊団辞めて農家になります！　マジで！」

「よぉし！　んじゃもう一回復唱だ。お前らを倒した偉大なる二人組の名を言ってみろッ！」

「「「ハイ！　僕たちを倒したのは、偉大なるヴァルゴさんと、美しいカナンさんです！」」」

　ぺこぺこと頭を下げるナントカ盗賊団。ここらではそれなりに腕の立つ連中だったようなのだが、こうなってしまうと見る影もない。

　……まあ、相手が悪かったよな。

　ヴァルゴは俺と同じ、人間界最強と謳(うた)われたＤＨ(デモン・ハート)シリーズの一角だ。カナンはカナンで、魔王軍の準幹部を張る魔界屈指の呪術師(カースメイカー)である。そこらへんの盗賊団が勝てるわけもない。

むしろ俺は、彼らが全員生存していることに驚いていた。ザコ相手に手加減して戦うのは難しいのに、よくもまあ上手いことやってくれたものだ。

『ヴァルゴとカナンはよくやっている。これなら心配はいらないだろう』――エキドナにはそう報告するべきだろうな。

「……しかし嬉しそうだなー。ヴァルゴのやつ……」

「そりゃそうでしょ。まともなボディが手に入った上、食糧問題も解決したんだから。これからは兄弟のアンタと同じ目線で仕事ができるーって思ったら、そりゃ嬉しくもなるでしょ」

「そうかあ？　俺としては、どっちかというと……」

「……なに？」

「いや」

俺としては、カナンという相棒と同じ目線で戦えているのが一番嬉しいんじゃないかと思ったのだが……まあ、そこはいいだろう。ヴァルゴが嬉しそうなことに変わりはない。

それよりも、今カナンが言った通りである。

あのあとすぐ、食糧問題は解決した。つまり、俺の目論見は大成功したのである。

――『食べ物の味はそのまま、見た目だけを魔界産のものに変える』。

ただそれだけで、それまで〝美味しいんだけど、あんまり食べたくない〟という評価だった人間界原産の食べ物は、一気に魔界の人々に受け入れられるようになったのだ。

釈然としない……さもそう言いたげな顔で、カナンが前髪をかきあげた。

「わからないものね。味も栄養価も変化なし……ただ見た目を弄っただけで、そんなにも食べ物の評価が変わるものかしら？」

「変わるよ。大いに変わる。以前――三千年前、お前ら魔界の軍勢が攻めてきた頃な。人間界は一時的な食糧難に陥ったんだが、そこで昆虫食が提案されたんだ」

「昆虫食？」

「ああ。野菜や肉のかわりに、バッタとか芋虫を食べるんだ。栄養豊富で美味いんだが……見た目がアレでな。受け入れられない人間が多かった。〝虫を食べるくらいなら餓死する〟なんて言う奴もいたくらいだ。それくらい、食べ物の見た目ってのは重要なんだよ」

昆虫食。

一部の地域ではメジャーだが、それ以外の地域ではかなり敬遠されがちな食文化。

芋虫だとか、バッタだとか、ハチの幼虫だとか、台所によく出没するアレだとか……あれがパンやお米のかわりに食卓にあがる。

もちろん食用に育てられた種だから、毒も無いし菌もついていない清潔なものなのだが、それでも『虫を食べる』という行為自体に本能的な忌避感を持つ人間は、かなり多い。食糧難の時代であっても、平然と虫を食えたのは、子供の頃から昆虫食文化に慣れ親しんできた人間くらいだ。

今回もそれと同じことが言えた。どんなに栄養価が高く、どんなに味が良くても——見た目が悪い、あるいは見慣れない姿の食べ物というのは、常用食品には圧倒的に向いていない。『美味しいけど食べたくない』という評価は、矛盾しているようであって間違ってはいなかったのだ。

「逆だったんだ。俺は最初、〝魔界産の食物にありがちなグロい見た目にならないように〟という点を重視していたが——ずっと魔界で暮らしてきた魔族にとっては、むしろその『グロい見た目』こそが普通だということを忘れていた」

「そっか。考えてみれば、人間界の連中は普通に緑の葉っぱをむしゃむしゃ食べているものね。あたしたちから見て毒っぽいものが、人間界では普通。逆もまた然り……輸入の時は、そこに気をつけないといけないってわけ」

「ああ。お前、昨日も〝緑色の葉野菜を生で食べるとか、正気とは思えない〟って言ってったんだ。やはり、魔界出身のお前を連れてきてよかった。サンキューな、カナン」

「な、なによ。別に……当然のことをしただけよ。仕事なんだから」

ぷいと横を向くカナン。

実を言うと、今回の仕事のねらいは四つあった。

一つ目は、食糧問題の解決。

二つ目は、ヴァルゴとカナンの仕事っぷりの観察。

三つ目は、《封印解除》システムを使ったヴァルゴの新ボディの試運転。

そして、残り四つめは――ソリの合わない同僚との関係改善。すなわち、呪術師カナンとの仲直りだった。

そもそもの話をすると、カナンが俺に対して辛辣なのは、初期のシュティーナやエキドナと同じ理由――まだ敵対していた頃、俺にこっぴどくやられたからだ。加えて、ワイバーン事件の最後でカナンの命を俺が救ったということもあって、『怨敵に助けられてしまった』という恥のようなものもあるらしい。

……まあそれ以外にも、『レオは尊敬するお師匠様の貞操を狙うクソ虫』という根本的な誤解があるのだが、そこは置いといて……。

カナン自体、あまり素直な性格ではない。このままではどんなに一緒に仕事をしても、『かつて敵だったアンタのことなんて認めない』とどんどん意固地になってしまうだろう。

人間関係というのは複雑なものだ。「昨日までのことは全部忘れて仲良くしましょう」で全人類が仲良くできるなら、戦争なんて起こらない。ソリが合わない相手とは距離を置けばいいのだが、さすがに同じ職場で働く同僚と距離を置くわけにもいかない。

だから、俺としてはなんとかしてカナンとの関係を改善したかったのだ。仕事のパフォーマンスに影響が出る前に。

……さて。

では、一度関係が悪化してしまった相手と、どう和解すればいいのだろうか？

色々な方法があるだろう。だが、スパッと解決するなら——やはり、これがベストだと思う。

「カナン」

「な、何よ」

「ヴァルゴを頼む」

「……へ？　うわっ、ちょっ、ちょっと⁉」

唐突に頭を下げた俺を見て、カナンが慌てたような声をあげた。

ご機嫌取りをするだとか、金品で懐柔するだとか、和解の仕方は色々あると思う。

しかし、表面的に仲直りをするだけでなく、根本的に絆(きずな)を深めるなら——やはり、これ。

結局は真摯な態度こそが一番。そう俺は考えていた。

「ヴァルゴは、三千年間コアだけだったんだ。今は安定しているようだが、この先あいつのボディに何が起こるか分からない。その時あいつをなんとか出来るのは、お前だけだ」

「……《封印(デナー・アーラーム)》と《封印解除(プールナー・アーラーム)》ね。アレ、あたしにしか使えないの？」

「使えない。ヴァルゴの新ボディは俺が以前培養した強化型ホムンクルスを素体にしているんだが、そのマスターにはカナン、お前を指定してある。お前以外の誰も《封印(デナー・アーラーム)》システムは使えない。作った本人の俺にもだ」

「いいの？　あんたの、その……やっと再会できた、たった一人の兄弟なんでしょ。あたしなんかに預けて」

「ヴァルゴが言っていた。お前のことは親友だと思っている、ってな」

俺は盗賊団どもにまだ何か言っているヴァルゴの方を見て、先日あいつが言っていたことを思い出していた。

『カナンな。最初はただの道具だと思ってたよ』

『でも違うんだ。お前を倒すために色々と一緒に行動するうち、あいつのことが気に入ってきた。考え方、プライドの高さ、命の燃やし方。悪くねえ女だぜ、あいつは』

『あいつには色々と借りがある。あれが俺のマスターになるなら、大歓迎だ。どうなっても後悔はねェ』

プライドが高く、誰にも従わなかったヴァルゴがそうまで言うのは、相当なことだ。

ヴァルゴとカナンは性格も見た目も正反対だが、きっと深いところで通じる何かがあったのだろう。『こいつと俺は同じだ』と思えるような、何かが。

「だからこそ、俺もお前を信じる。俺の大事な兄弟が信じたお前を」

「……」

「ヴァルゴのことを、よろしく頼む」

「……ちょっと、アンタのことを誤解してたかもね」

カナンは小さく苦笑していた。ウェーブのかかった黒髪を人差し指に巻き付け、視線をそらしながら、少し照れくさそうに言う。

「兄弟想(おも)いのところとか、そうやってまっすぐにぶつかってくるところとか、いいところもあるんじゃない。もっといい加減なクズだと思ってたんだけど」

「おい、どういう意味だ」

「ふふん。言葉通りよ」

今度こそカナンははっきりと笑った。そして、右手を軽く顔の前で振った後、ゆっくりと左手を差し出した。

魔界の慣習だ。昔から戦ばかりが続いてきた魔界において、握手というのは騙し討ちの道具に過ぎなかった。右手を差し出した後に不意を打って左手で零距離呪文を放つというのは、極めてポピュラーな手段だったらしい。

ゆえに、魔界での〝本当の〟握手はこうする。

顔の前で右手を振り、武器を持っていないことを示し――そののちに、左手で握手する。

『敵意はありません。今後とも仲良くしましょう』という意思を、そうやって示すのだ。

「改めて、よろしく。勇者……元勇者、レオ・デモンハート」

「……ああ！　ありがとう、カナン」

結局は、真摯な態度が一番大事。

仲直りの秘訣を思い出しながら、魔界での最初の仕事――食糧問題の解決は幕を閉じた。

第三章　勇者VS魔王エキドナ

1．王は弱みを見せてはいけない

——いいかエキドナ。よく聞け。

組織のトップに立つ者には、絶対に果たさねばならない義務がある。

トップ。支配者。俺たちの場合は『魔王』ってことになるが、まあ変わらねえよ。トップに立つ奴ってのは、常に堂々としてなきゃいけないんだ。

王が迷いを見せてはならない……なぜか？

王が迷えば、それに従う民もまた迷いを感じ、不安に思うからだ。

王は率先して道を示さねばならない……なぜか？

王が最初に道を示さねば、民が安心してその道を歩めないからだ。

王が誰かに弱みを見せるなど、もっての外だ。

王の弱みは国の弱み。国の弱みは、民の弱みだからだ。

忘れるな。魔界を存続させたいなら、強くあれ。常に王らしく堂々としていろ。

迷いも、恐れも、弱みも、絶対に見せるなよ。

「──ということで、今回の仕事報告は以上だ」

魔界の中心、王都スヴァネティア。

辺境から王都へと戻った俺は、エキドナに仕事の報告をしていた。

「ヴァルゴとカナンには引き続き各地を回らせて、農場をどんどん増やしていくよう言ってある。採れた食料はリリ配下の輸送部隊の兵站部門がどんどん流通に回すし、農園で働くのは現地雇用した魔族だ。雇用の増強も行えて一石二鳥だろう」

「ふむ。しかし、どんな野菜も穀物も、収穫はせいぜい数ヶ月に一度であろう？」

エキドナは俺が提出した報告書をぺらぺらとめくる。

「お前やヴァルゴなら、成長速度を何百倍にも高める時間加速呪文を使えるだろうが……現地雇用した民ではそうも行くまい。食糧問題の解決はまだ先になるのではないか？」

「そのあたりは抜かりない。シュティーナにかけあって、王宮勤めの中級魔術師たちを各農場に派遣したからな。俺たちほどの時間加速はできないが、それでも週に一度は収穫が行える」

「……見事だ！　これなら、食糧問題はじきに解決に向かうであろう！」

エキドナが安堵の表情を浮かべた。

もとはといえば、人間界の食料を輸入して混乱を招いたのはエキドナ自身である。エキドナが介入する間もなく俺一人で解決してしまったのは、ちょっとでしゃばりすぎたかもしれない。

「食糧問題だけでなく、カナンとの関係も無事改善されたようだな。よくやった！」

「まあな。喜んでくれたようなら何よりだ」

「喜ぶに決まっておるだろう。変なことを言うな」

表向き、エキドナは問題の解決を喜んでくれているようだった。プライドを傷つけてしまったかもしれない、と心配だったのだが、これなら大丈夫……だろう。

「レオよ、人間界からの食料輸入はどうする？　継続するか？」

「継続だな。魔族に合わなかったのは見た目だけなんだから、《物質変性》で見た目だけを弄ってから市場へ放出すれば良いと思う。どうだ？」

「うむ、我もそれに賛成だ！　いかなヴァルゴとカナンでも、魔界中に農園を作るのは時間がかかるだろうしな。輸入は継続する。シュティーナにもそう伝えておこう」

エキドナがそう言って席を立ち、壁際の書類棚へ紙とペンを取りに行った。

ここはエキドナの執務室ではない。彼女の私室だ。確実に二人きりになれるここなら、込み入った話もしやすいだろう――という、エキドナなりの配慮だった。

部屋の中は明るく、そして、広い。

豪華な絨毯といい、壁にかかった武具といい、まさに王の居室といった感じだ。これはエキドナの趣味というより、『王らしく』するためにまずは形から入った結果なのだろう。

形から入る――というのはバカにされることも多いが、俺はそこまで悪くもないと思っている。道具一式、装備一式を揃えることで意識が変わることも多々あるからだ。

たとえば以前、画家を志している男がいた。才能はあるのだがとにかく行動力に欠け、なにかと理由をつけては行動を先延ばしにする奴だった。

その男が変わった切っ掛けは、友人に画材一式をプレゼントされたことだった。それもとびきり高級な画材を。男は当然困惑し、突き返そうとしたが、友人は頑としてそれを拒んだ。

そして、その時から男の意識が変わった。

『――こんな高級画材を腐らせておくわけにはいかない』

『せっかくいい道具を貰ったのだ。期待されているなら、それに応えたい！』

そんなモチベーションを得た男は、その日から毎日絵を描き、絵師として大成した。

そして、画材をプレゼントしてくれた友人——幼馴染の女と結婚し、数百年経った今でも、そいつの子孫が世界に名だたる大画家として活躍し続けている。

　これは一例に過ぎないが、形から入るというのはこういうメリットがある。カネや時間といったコストを前払いした以上、物事に本気で打ち込まざるを得なくなるのだ。

　そういう意味では、エキドナも同じだ。部屋の内装、普段の振る舞い、言葉遣い。彼女は王らしい王で在ろうと日々努力しているのだろう。

　エキドナはいついかなる時も偉そうな態度を崩さないが、それも王らしさの一つと言える。王がいつも自信なさげにしていたら、その下についている民も不安に思うだろう。

　上司——責任者——王——は、常に堂々と胸を張っていなければならないのだ。

「さて、エキドナ。次の仕事に移る前に、二つほど言っておきたいことがある」

「む？　なんだ」

「まず一つ目は、次の仕事についての確認だ。水の浄化に向かおうと思う」

　早くもシュティーナへの指示書を書きはじめていたエキドナが、怪訝な顔をこちらへ向けた。

「水だと？　水源は無数にあるし、浄水施設も存在する。優先順位はやや低い気がするが……？」

エキドナの言うことはもっともだ。魔界のあちこちに流れる川は濃厚な魔素で汚染されているのだが、それらはすべて浄水施設によって汚染度をおおきく軽減できているのだ。

浄水器といっても科学文明のそれとはまた違い、《清浄光》を付与した魔石を無数に埋め込んだ水車といった見た目なのだが、浄水器は浄水器だ。これがあちこちにあるおかげで、魔界の民は『澄んだような』とはいかなくとも『マズいが、飲める』レベルの水を飲むことができている。

「水質をヴァルゴに徹底解析させたところ、水の奥底に謎の濁りがあると言っていた」

「濁り？」

「そうとしか表現できないんだと。『度重なる魔術行使のせいで、魔素が自然を蝕んでいる』――環境汚染の原因はこれだと思っていたんだが、もっと根本的な原因があるのかもしれない」

「なんだと……!?　いや、いやいやっ！　それはありえん！」

がたりと椅子から立ち上がり、エキドナがぶんぶんと首を振った。

「我ら魔界の民が、荒廃する魔界の環境についてどれだけ研究を重ねて来たと思う？　長い研究の末、魔術の使いすぎによる魔素汚染というところに辿り着いたのだぞ！　もしそれが違うというのなら、数百年以上信じてきた常識そのものが覆ってしまう！」

「そうだな。俺とヴァルゴが間違っているのか、学者さんがたが間違っているのか——それを確かめるためにも、一度水源の調査に行きたいんだ」

「……ううむ」

エキドナがふたたび椅子に座り、低く唸りながら考え込んだ。

気持ちはわかる。もし、これまで信じてきた学説が間違っていたとしたら……しかもそれが、余所者の俺の調査によってサクッと解決してしまったとしたら、さぞプライドが傷つくはずだ。

かといって、魔界のためにもなる以上、俺の提案に対してNOとも言えない。プライドと実利の板挟み——俺も長年人間界の守護者をやってきたから、そういうジレンマはよくわかる。

「……うむ、承知した」

エキドナがようやく顔を上げ、静かに頷いた。

「人間界での業務改革。そして今回の食糧問題解決。お前の能力に疑いなど持てるわけもない。そんなお前が、水が怪しいと感じるのなら——まずは行ってくるがよい」

「ああ、悪いな」

「それで、もう一つはなんだ？　我は忙しいのだ、端的に述べよ」

さて、こっちが本題だ。

水の話なんぞ、俺にとっては正直二の次。本当に気になっているのはこっちだった。

「エキドナ。お前、表には出さないけど、何か悩んでるだろ」

「ん？」

「……お前。魔王なんか辞めたいって、思ってるだろ」

２．魔王、辞めたい

「――なにをバカなことを言っておるかーッ！」

「うおっ」

怒号と共に、エキドナの魔力が一気に膨れ上がった！

エキドナは、生まれながらにして火の精霊の加護を強く受けている。エドヴァルト並みに炎耐性が高いのはもちろん、ただ魔力を集中させるだけで周囲の温度が目に見えて上がるほどだ。

しかしこれは……かなり暑い！　いや熱い！

物質的な熱とは異なる、霊的・魔術的な熱。ゆえに周囲の本や書類が燃えることはないで戦闘不能に追い込むことができるだろう。

……ないのだが、それにしても凄まじい熱さだ！　そこらへんの雑魚相手なら、これだけ

……なるほど。これは、あれだな？

割と本気で怒ってるな、こいつ……!?

「我を誰だと思っている。魔王だ！　魔界の王、炎を統べるもの、爆炎の女帝エキドナだ！　魔界を救うために王を目指し、数多の強者を打ち倒し、あらゆる苦難を乗り越えて王の座を勝ち取った、第１０５代目魔王だぞ！」

「わかってる、わかってるよ！」

「それが……事もあろうに、〝辞めたい〟だと……!?」

「うあっちい！　あちちち！」

「辞めるわけッ！　なかろうがーッ！」

熱い！　マジで熱い！

こんな元気が余ってるなら、余計な心配なんかしなけりゃよかった！

そろそろ防御呪文を張らないとヤバい……！　《氷盾》あたりを、いや、《氷盾》と《霊水膜》をダブルで使って凌ぐべきか……！

そう俺が思ったと同時に、フッとエキドナの魔力が鎮まった。

周囲の温度もまた、急激に低下していく。

……もとに戻ったはずの空気がやや肌寒く感じられるあたり、先程の怒りがどれほど激しかったか、どれほど室内の温度が上がっていたか、分かろうというものだ。

「……まあ、よい。本来ならば問答無用で《六界炎獄(インフェルノ)》を叩(たた)き込み、貴様の骨が灰になるまで百回ほど焼き尽くし、万が一復活した場合は四肢を拘束し指先からじわじわと炙(あぶ)って少しずつ炭化させていく、魔界式Ｂ級拷問術にかけていたところだが……」

おい、怖いよ。やめろ。

っていうか今のでＢ級止まりなのかよ。ふざけてるな魔界……。

「レオ」

「はい」

「だが、今の貴様は我の大事な部下であり、魔界と人間界の和平を目指す同胞である。先程の失言は忘れてやるゆえ、疾(と)く失(う)せよ」

……どうしようかな。

俺の頭に『にげる』『たたかう』という二つのコマンドがよぎり、俺は僅かな間、思案した。穏便に退くなら、たしかに今が最後のチャンスなのだが……。

……いや。もうちょい粘ろっと。

「いや、そう簡単に失せるわけにもいかん」

「なんだと？」

「だってお前、魔界に来るちょっと前からやけに元気がなかったじゃないか。自覚あるよな？　今日だってイマイチ張り合いがないし、元ライバルとしてはもう心配で心配で……」

「──まだ言うかこの愚か者めッ！　焼き殺されたいかッ！」

「あじゃじゃじゃじゃ！」

「生きながら焼かれるか死した後に焼かれるか究極の選択をしたいと言うのかあ！」

エキドナの一喝と共に、再び室温が急上昇した。

懐(なつ)かしいなあ、このピリピリした雰囲気と口調。エキドナと初めて戦った時を思い出す──いや、懐かしんでる場合じゃない！　熱い熱い、めっちゃくちゃ熱い‼

ぼ、防御呪文！　防御呪文ー！

「《霊水(アクア)》──！」

「……はぁ……。もう、良(い)いわ」

──ほっ。

俺が《霊水膜(アクアベール)》を発動するコンマ一秒前で、膨れ上がったエキドナの魔力が元に戻った。

周囲の温度もまた、急激に低下していく。

……いや、本当に怖かった。今度ばかりは本当に《六界炎獄》が飛んでくるかと思った。

魔力が元に戻ったのはいいが、態度まで戻ったわけではない。エキドナはもはやこちらを一瞥もせず、どすん、と部屋の奥にあるソファに座り込んでいる。

何も言わずとも、その横顔が『もう話しかけるな。出て行け』と言っている。あと、『次に何か言ったら本気で燃やすぞ』とも言っている。

「エキドナ」

「……」

「悪かったよ。俺からの報告は以上だ。水の調査に行ってくる」

「ふん。さっさと行くがいい、バカ勇者め」

逃げるようにエキドナの部屋を立ち去る。ばたん、と俺の背後で扉が閉まった。

「……取り越し苦労だったかな？」

長い長い王宮の廊下を歩きながら、俺は考えを改めるべきか思案していた。

――最近、エキドナから覇気が消えている。

それに気づいたのは、まだ人間界で食糧問題に悩まされていた頃。ちょうど、ヴァルゴとカナンが引き起こしたワイバーン事件が目立ちはじめた頃だった。

あのエキドナが〝お前が言うことならば〟と、俺が出したあらゆる提言を呑み、何かにつけて俺のことを褒める。そういうシチュエーションが多くなったのだ。

実際のところ、俺も仕事で手を抜いてきたわけではない。彼女に能力を認められるのも、褒められるのも、しごくまっとうな評価だと思う。そこは良いのだ、別に。

だが、あいつはあのエキドナだ！

本気の俺相手に一歩も引かず、世界を守るために戦った女だ！

丸くなったと言えば聞こえがいいかもしれないが、こうなると少々、不気味である。加えて元気もないとくれば、そりゃあ『悩みがあるのかな』と気になったりもするだろう。

そう思って、一番可能性の高そうなところをつついてみたのだが……。

「取り越し苦労だったか……あるいは」

そうだ。あるいは——。


—


「……くそっ、何をやっているのだ我は」

レオが去った後。我は私室の部屋に三重の魔力鍵をかけ、更に奥の寝室に引きこもり、枕に顔をうずめてジタバタともがき続けていた。

「あれでは〝図星です〟と言わんばかりではないか！　ううっ、へーぜんとした顔で痛いところを突きおって……おのれ、おのれ……！」

魔王を辞めたい。パーフェクトに図星であった。

いや、だって、仕方がないだろう！

レオが優秀すぎるのがいけないのだ！

……。

少し、昔話をしよう。

今からしばらく前。我は盟友シュティーナを含む数多の強敵を退け、父・キュクレウスの後を継いで新たな魔王になったが、魔界には我一人では解決できぬ問題が山積みだった。大きな問題に一人でぶつかるのは、阿呆(あほう)のすることだ。ゆえに我はシュティーナをはじめ、信頼できる仲間を作った。リリが兵站(へいたん)任務でやっているような適材適所を心がけた。メルネスがやったように苦手なことを一つずつ克服し、エドヴァルトのような思い上がりに気づけば、それを即座に正していった。

そうした努力の一つ一つが、今の『魔王エキドナ』を作ったのだ。魔王になってからの日々は、文字通り努力の日々だった！

……それでも、分かる。一緒に仕事をしていれば、いやでも分かってしまう。

今の我の実力は、レオに遠く及ばない。戦闘面でも、それ以外でも、だ！

レオは義理を立てて我の下につく形をとってくれているが、本来なら我がレオの下につくべきだろう。それくらいの圧倒的な実力差が、ある。

にもかかわらず……我が上、レオが下という形が維持されているのは、ひとえに、我が王だからだ。王のメンツを汚してはならないと、レオが気を遣ってくれているからだ！

――屈辱！

これほどの屈辱があるか。これほど情けない魔王が、いるか！

ううっ、弱音を吐きたい！　レオに全部このことをぶちまけた上で、あいつがどんな反応をするのか見てみたい。相談に乗ってもらいたい！

別に、この気持ちは今にはじまったことではなかった。

だってずるいではないか！　四天王どもはレオに何から何まで相談しているのに、我だけが相談させてもらえない。相談っぽいことといえば、あの『オニキス』との飲み会くらいだ！

「……いや、わかる。我は王だから仕方ないのだ。王とはそういうもの、そういう孤高の存在なのだから、仕方がない……その理屈はわかる、わかるのだ……！」

我の父――先代魔王キュクレウスも言っていた。

トップに立つ奴は、常に堂々としていなければいけない、と。

王の迷いは民に伝搬する。だから絶対に、部下の前で弱さを見せたりはするな――と。

父に言われるまでもなく、これはしごく当然のことだ。部下の前でオドオドし、自信なさげに振る舞うようなヤツに、王の資格などあろうはずもない。

『こいつなら信じられる』

『こいつに道を示してほしい』

民草にそう思わせてこその、王！

我はそれを心に銘じた。常に堂々とした模範的な王であろうと努力した。

もちろん態度と実力が釣り合うよう、あらゆる方面で努力を重ねてきた。

しかし……。しかし、レオという超絶チート有能人材が出てきて……。

我の自信……じ、自信が……。

「ううっ。ううー……！」

うううううーっ！

「……んも――！　んじゃ、どーしろっつーのよ――――！」

もう、終わり！　本日の業務は終わりました！

魔王エキドナは終了！　フツーの魔族エキドナに戻ります！

やってられるかコンチクショー！

「これだけの実力差を見せつけられて！　戦闘面でも、経験面でも負けていて……！　っていうかベリアルの頃から生きてるヤツに経験で勝てるわけないじゃない！　ナメてんの⁉」

枕をばっすんばっすんと壁に投げつける。壁のすぐ下に《転送門(ワープポータル)》を開いているから、床に落ちた枕はすぐにベッドの天蓋からあたしの手元へ落ちてくる。そしてまた投げる。

ばっすん、ぼとん。

ばっすん、ぼとん。

ううっ、ごめんシュティーナ。これあなたがプレゼントしてくれたやつなのに……。

「……。はぁー……」

十回ほど枕と壁が衝突した頃、ようやくあたしの頭もクールになってきた。

「……落ち着くのよ。落ち着け……落ち着くのだ」

冷静になるのだ。我は魔王である。この魔界を統(す)べる第１０５代目魔王、爆炎の女帝エキドナだ。

たしかに、今の我は悩みをかかえている。それは認めよう。

レオに対してコンプレックスを抱き、自信を喪失している。それも認めよう。

要するに、この悩みを相談できればいいのだ。できれば、四天王どもと同じようにレオ本人に相談し、カウンセリングしてほしい。

王が部下に弱みを見せるのは許されないが、エキドナ個人としてなら、まあ、いいだろう。今言った悩みを全部レオにぶちまけられれば、それで気は晴れる。

レオに相談する。なるほど、突破口は見えた。

……。しかし……。

「ついさっき、あんなことを言ってしまった手前…… 〝やっぱり魔王をやっていく自信がないの〟とか、〝レオに魔王を継いで欲しいって言ったらどうする？〟とか、聞けるだろうか？」

聞けるわけがない！

そんなの、王の器とかそれ以前に正真正銘ただのアホ！　アホ丸出しである！

ああ、クソッ。レオのようなクレバーさが欲しい。思えば、あいつは最初から上手くやっていた。

我が魔王城に『黒騎士オニキス』として潜入した時から、奴はあんなにも自分の本当の目的を隠して、正体も隠して、上手くやってのけたというのに――。

――あっ。

「あっ、そうか」

ぽんと手を打つ。

そ、そうか……！　ここにきて、この手に気づいてしまうとは……！

やはり我は天才、王の中の王なのではないか……⁉

「簡単なことではないか。変装(ディスガイズ)だ！　オニキスのように、呪文で変装(ディスガイズ)すればいいのだ！」

変装(ディスガイズ)して、他人のフリをして、レオに悩み事を打ち明ければいいのだ！

これならば『王は弱みを見せるな』という我がポリシーにも抵触しない！

灯台下暗し！　なんという機転！　これこそまさに王の器！

ふふっ、ふははっ、ふはははははーっ！

完璧だッ！　イッツパーフェクト！　勇者レオここに敗れたり！

「……見ていろ勇者レオ。必ずやこの魔王エキドナが……完璧な変装(ディスガイズ)で！　貴様のもとへ、悩みを相談しに行ってやるからな……！」

第三・五章　ウンディーネの騎士

1. ヒトの姿をした化物

――アクエリアスが湖を訪れたのは、彼女が魔界に流れ着いて十日ほどが経過した頃だった。

流石(さすが)にＤＨ(デモン・ハート)シリーズ、人間界を守るために作られた超兵器といったところか。この頃になるとアクエリアスの傷はすっかり塞がり、日常生活には不便しないようになっていた。

「や。一人かい、ウンディーネ?」

「……アクエリアス！　もう動いて大丈夫なの⁉」

ひらひらと手を振って歩いてくるアクエリアス。その姿をみとめ、湖に足を浸していた少女が目を丸くして立ち上がった。

汚(けが)れのない純白のローブに、流れる水のような青い髪。

ただの村娘のように見えて、その実、普通の人間とは異なる雰囲気を纏(まと)った少女。

彼女こそ、このアミア湖の守護神。死にかけていたアクエリアスを救った恩人。魔界中に清浄な水をもたらす大精霊——水の精霊、ウンディーネであった。

もっとも、アクエリアスにお説教する姿は、どう見ても精霊のそれではなかったが。

「わかってる？　あんなに酷い怪我だったのよ。もう少し休んでなきゃ、だめよ」

「ふふ、村のみんなが手厚く看病してくれたおかげですっかり元気さ。それに、私はフツーの人間よりも遥かに頑丈だからね。これ以上休んでいたら身体がなまってしまうよ」

「そんなこと言って……。あとで〝やっぱり調子が悪い〟とか言っても知らないからね」

そう言ってころころと笑うその姿は、とても偉大なる精霊には見えない。アクエリアスはそんなウンディーネの隣に腰を下ろし、彼女と同じように水に足を浸した。

「なあ、ウンディーネ。いくつか聞きたいことがあるんだけど、いいかな」

「どうぞ。人間界から来たお客様のお願いだもの、なんでも答えてあげるわ」

「〝なんでも〟ときたか！　これは困った……本来の質問は後回しにして、今日は君のスリーサイズでも聞いておくべきかも」

澄んだ湖面を裸足でちゃぷちゃぷとかき混ぜ、冗談交じりに笑いながら、しかしアクエリアスは大いに悩んでいるようだった。

聞くべきか、聞かざるべきか。……いや、やっぱり聞いておこう。

そんな風に迷ったあと、アクエリアスは静かに本題を切り出した。

「ウンディーネ。君は精霊なんだよね？」

「うん。見た目はエルフに寄せているけど、私は本来肉体を持たない精霊よ」

「精霊というのは精霊界からやってくると聞いた。魔界とも人間界とも異なる種族が棲む、第三の世界——我々が呪文を使う際に力を借りる『ウンディーネ』は、その精霊界にいるウンディーネ本体であって、君ではない。これは合っている？」

「うん、そうね。その認識で合っているわ」

ウンディーネが静かに頷いた。

いまアクエリアスが言ったのは、魔術師にとっては基礎の基礎となる知識だ。

人間界や魔界は、俗に『物質界』と呼ばれる世界だ。ヒト、魔族、鳥に魚から小さな虫まで——全ての存在は例外なく肉体を持っていて、その肉体を駆使して暮らしている。対する精霊界は『精神界』。肉体のような『物質』にとらわれず、精神だけで生きる生命体が集う世界だ。ウンディーネは、そんな世界からやってきたのだった。

「正確に言えば、私は精霊界のウンディーネ本体から切り離された末端端末のようなものね。人間界にも私のような〝ウンディーネの端末〟がいて、世界に清浄な水をもたらしているはずよ」

「ああ、そうだと思う。地球――人間界は綺麗で豊富な水がウリだからね」

　何千年も前から人間界にもウンディーネは居たはずだ。世界各地には水にまつわる神の伝承がいくつでも残っている。そのうちのいくつかは、ウンディーネが起こした奇跡が信仰に変わって語り継がれてきたものなのだろう。

「君たち精霊はヒトの信仰によって力を得る。だからあえて物質界までやってきて、土や水、火や風に宿り、様々な奇跡を起こすんだよね。人々からの信仰を集めるために」

「ええ」

「……じゃ、君がもっと効率よく信仰集めをやらないのは、何故なんだ？」

　いつの間にか、アクエリアスの目は真剣なものになっていた。

　先ほどまでの笑いはどこかに消え、抜身の剣のような鋭さでウンディーネを見据える。

「君の魔力は飛び抜けている。たぶん、Ｄ Ｈシリーズ――私や、ちょっとした魔王と同じくらいの力はあるだろう。それだけの力があれば、派手に大暴れして人を喰い殺したり、生贄を要求したりすることだって出来る。そっちの方がずっとお手軽に、〝畏怖〟という名の信仰を得られるはずだ」

　ウンディーネは、少し困ったような顔で笑いながら、じっと話を聞いていた。

「それをしないのは、何故？」

「あなたがずっと緊張した面持ちだったのは、それを聞きたかったからなのね」

「……君は私を救ってくれた恩人だからね。こんな質問をしたら嫌われるかも、と思って」

アクエリアスが頬をかいたが、実のところ、緊張の理由は別のところにあった。

アクエリアス。世界を守護する為(ため)に作られた最強の生体兵器、『ＤＨ(デモン・ハート)シリーズ』、その12号機。

当初、彼女が守るべき対象は人間界だけだったが、魔界にやってきた今は違う。今の彼女にとっては、人間界に加えてこの魔界もまた、守護するべき『世界』に含まれているのだった。

魔界も人間界と変わらない。平和な町が、村があり、人々の営みがある。

生きてアミア湖に流れ着いたのも、このささやかな平和を守れという神の思(おぼ)し召(め)しなのだろう――アクエリアスはそう考えていた。

そうなると、気になるのがウンディーネだ。

もし目の前のウンディーネが悪(あ)しき精霊であったなら、いつか村を守る為に戦う日が来るかもしれない。ウンディーネは良き友人だが、将来的に戦うことになるのなら、袂(たもと)を分かつ日は早いほうがいい。情が移る前に離れたほうがいい……。

　アクエリアスはそう考え、あえて時期尚早とも思えるこのタイミングでウンディーネに質問をしたのだった。そうでもしないと、情にほだされて戦えなくなってしまうと思ったのだ。

「あなたに軽蔑されたくはないけど、はっきり言った方がいいわよね」

　ウンディーネがやや伏目がちに苦笑し、自分の青い髪を撫でた。

「昔はね。やっていたのよ、貴方がいま言ったようなこと」

「……！」

「貴方の言う通り、精霊の力を示すならそれが一番手っ取り早いから。私はアミア湖に潜む『水龍リヴァイアサン』として何度も洪水を起こし、汚染された水を魔界中にばらまいた。そして、村の人々に生贄を要求していたわ。平和と引き換えという条件でね」

「信じられないな……」

　アクエリアスが呻いた。それは軽蔑ではなく、心の底からの『信じられない』だった。

　なにせ、いま目の前で話している少女は、言われなければただの村娘にしか見えない。

　闇雲に力を揮い、生贄を求め、恐怖で人を支配するような存在には到底見えないのだ。

　それと比べると、〝リヴァイアサン〟だった頃のウンディーネは全くの別人だ。精霊というより、意思を持った災害といった方が近い。

だからこその『信じられない』だった。アクエリアスに悪意がないことを察してか、ウンディーネは小さく「ありがとう」と言ってから、続きを語り出した。

「私たち〝端末〟は精霊界からやってくるわ。さっき貴方が言った通り、精霊界は魔界とも人間界とも違う――そこに棲む存在もまた、つくりが違うのよ。有り体に言ってしまえば、ヒトの心がわからない存在なの」

「ヒトの心が、わからない？」

「うん。あなただって、トカゲやカメが普段何を考えて生きているかなんてわからないでしょう。昔の私もそれと同じ。魔界の住人が何を考えてるかなんて分からなかったし、興味もなかった……あるのはただ一つ。〝ウンディーネの力を示し、信仰を広める〟という使命感だけ」

「……だから手っ取り早い方法を採った。大暴れし、濁流を撒き散らし、生贄を要求したのか」

ウンディーネが〝リヴァイアサン〟として暴れていたのがいったい何年前の出来事なのか、アクエリアスには分からなかった。

一度植え付けられた恐怖というのは、そう簡単には消えない。だが自分が観察する限り、〝水の里〟の人々からはウンディーネへの恐怖や憎しみは感じられなかった。おそらくは何百年も前――下手をすれば何千年も前の話なのだろう。

　だが、ウンディーネは今なお当時のことを悔やんでいるように見える。顔を曇らせ、悲しそうな目でアクエリアスを見据えるのみだ。

　アクエリアスはあえてその視線を真っ向から受け止め、更に質問を重ねた。

「じゃあ、質問なんだけど……」

「うん」

「君はどうやって、その人間性を手にしたんだ？」

2．ともに歩んでくれる人

「確かに君には、悪しき神だった時代があるんだろう。だが今の君は、素朴な村娘として村に溶け込んでいる。なぜだ？　自我を持たない人形同然だった君が、なぜ人間性を獲得できた？」

　悪しき神。自我を持たない人形。

　とても命の恩人にかけるべき言葉ではないが、アクエリアスはあえてその言葉を選んだ。聞き心地の良い言葉で事実をごまかすのは、かえってウンディーネに失礼だと思ったからだ。

「まず、私――〝リヴァイアサン〟は、当時の魔王に倒されたの。当然よね。領民が危険に晒されれば、王が元凶を退治しにくるものだわ」

「驚いた。魔界にもまっとうな王が居たんだな……。それで?」

「〝精霊は人の心がわからないから、こんなことをするのだ〟。魔王はそう考えたわ。……ねえアクエリアス。ヒトの心がわからないのがリヴァイアサンが大暴れした原因だったとしたら、それを解決するには、どうしたらいいと思う?」

「……」

シンプルな問いだった。既に答えは出ているように見える。

アクエリアスも直感に従い、思った通りを口にした。

「――ヒトの心を教える?」

「うん。当たり」

ぴん、とウンディーネが人差し指を立て、アクエリアスの鼻先に触れた。

「稀に『生まれつき精霊の加護が強い魔族』が存在するわ。普通の人よりちょっとだけ、肉体のチャネルがわたし達《精霊》の方に近いの。たぶん、あなたもそうじゃない?」

「ああ、私は生体兵器で……氷の術に特化した存在として作られたからね。闇精霊シェイドと水精霊ウンディーネ、二つの精霊の加護を強く受けている」

「そういう人はね、『逆』も可能なの。つまり、精霊に力を分け与えることも可能なのよ」

ウンディーネがそっと右手をあげた。そして、アクエリアスの方にゆっくりと突き出す。

手を重ねろ、と言っているようだった。誘われるがまま――アクエリアスは自分の手をウンディーネの手に重ね、

「……！」

二人の間にまばゆい光が満ちた。海を思わせる、深い青の光だった。

アクエリアスは衝撃を受けていた。重なった掌（てのひら）を通じて、アクエリアスにウンディーネの思念が流れ込んできたからだ。

いや、思念だけではない。過去の、〝リヴァイアサン〟だった頃の記憶や感情までもが流れ込んできた。魔王との戦い。魔王に破れた記憶。そして。

「……なるほど」

アクエリアスが頭を振り、軽く眉間を押さえ、まだゴチャつく頭の中を整理した。

「つまり、当時の魔王――魔王クロケルは、ウンディーネの加護を強く受けた魔族を〝巫女（みこ）〟としたんだな。そしてその巫女が、ウンディーネに……つまり君に、『ヒトの心』を送り込んだ。君が今やったことの、ちょうど真逆をやったわけだな」

「そう。そうやって、巫女の力で《調律》を繰り返すことで――徐々に徐々に、私の精神はヒトに近づいていったの。そうして今の私は作られたのよ」

「《調律》を怠ると、どうなる？」

「ヒトの心は薄れ、〝リヴァイアサン〟だった頃に近づいていくと思う」

「信仰を得るため、見境なく災厄を振りまく破壊神に戻ってしまう――というわけか」

ウンディーネがスカートを翻(ひるがえ)し、立ち上がった。アミア湖を背負うように両手を広げる。

「私はね。この魔界が好きよ。そりゃあ、ちょっと薄暗いし、土も痩せてるし、人々は争いばっかりしていて、最近の魔王は人間界への侵略ばかり考えている愚か者ばかりだけど……」

「言いたい放題だな」

アクエリアスがくすくすと笑うと、ウンディーネも同じように笑いを返した。

「でも、私をヒトにしてくれたんだもの。私はずうっとこの魔界で生きていくわ。清浄な水をもたらす精霊――水の精霊、ウンディーネとしてね」

「そうか……」

アクエリアスが小さく息を吐いた。

それは間違いなく、安堵の溜め息だ。そして同時に、反省の溜め息でもあった。

「どうも、すまなかった。私の心配は完全に的外れだったらしい」

「心配？　何か心配してたの？」

「なんでもないよ。気にしないでくれ」

この少女が悪しき存在だったら、いつか討たねばならない――。

なんと愚かな心配だったのだろう。自分の愚劣さに呆れながらも、アクエリアスはウンディーネの手を取り、彼女の前に跪いた。それは謝罪でもあり、最大級の好意の証でもあった。

「なら、ウンディーネ。私は君の騎士になるよ」

「……騎士？」

「私には寿命というものがないからね。君がこの世界でずっと生きていくのなら、私はそれを守る騎士として、君と一緒に歩もう。私は生まれつき水の加護を強く受けているし、うまくやっていけると思うんだけど……どうかな？」

ウンディーネがぱちくりと瞬きをした。

確かに、アクエリアスは他とは違う。魔王を凌ぐ程の魔力を宿していながら、その心は清く澄み切っている、どちらかといえば精霊に近い存在だ。彼女となら上手くやっていけるだろう。

……だが、何よりも、はじめてだった。

永久の寿命を持つ自分に対して『一緒に歩もう』と言ってくれた人物は、正真正銘このアクエリアスが初めてだったのだ。

照れ笑いを浮かべ、喉元に熱いものがこみ上げてくるのを堪えながら――。

この時のウンディーネはただ一言、『ありがとう』と言うのが精一杯だった。

第四章　勇者VS魔王スレイヤー

１．湖畔で待ち受けるもの

「――この先だっけ？　アミア湖っていうのは」

「ああ。山を越えたらじきに見えるはずだ。行くぞ」

俺の隣に立つ少年が無言で頷（うなず）き、翡翠（ひすい）色のフードを被（かぶ）りなおした。

彼はメルネス。四天王の一人にして暗殺者ギルドの長、〝見えざる刃〟メルネス――。

弱冠十六歳にして卓越した殺しの腕を持つ、魔王軍最速の剣士である。

俺は今、そんなメルネスと共に王都から遠く離れた山奥へ来ていた。

今回の目的は水質調査だ。飲料水、生活用水、そして食料を育てるための農業用水……文化的な生活を営むために水は必要不可欠であり、水の汚染は早急になんとかしなければならない。

この山の奥にひっそりと佇（たたず）むアミア湖は、もともとは魔界の王都付近に水を供給している巨大水源だった。だが魔素（マナ）による汚染が激しくなり、ここ数百年は放置されたままだ。

「なんでさっさと調査しなかったんだ？　水が汚染されてるっていうなら、まず各地の水源を調べるのは基本だろ。魔界の連中はバカしかいないのか」

魔界の水はほぼ全てが汚染されている。海も川も池も湖も、なにもかもだ。

魔術の多用による魔素(マナ)の蓄積。それが環境汚染の原因だというのが学者連中の結論だったが、水源調査を怠っていい理由にはならない。メルネスの呆れはもっともだった。

「調査したんだよ。歴代魔王は何度もアミア湖に調査チームを送ったけど、調査のすべては失敗に終わった。……ヤバいやつが居るんだよ。〝魔王スレイヤー〟を名乗る、ヤバいやつが」

「……」

バカか？　という顔でメルネスがこちらを見た。

そういう顔をしないでくれ。俺だって同じ気持ちなんだから……。

「……ヤバいっていうのはどっちだ。腕前？　それとも頭？」

「両方じゃないかな。この数百年で調査チームは計十五回送られているが、〝魔王スレイヤー〟はその全てを退けている。業を煮やした魔王自らが出ていったら返り討ちにあったケースすらある」

「それで〝魔王スレイヤー〟か」

「そ。ふざけてるよな」

魔王スレイヤー（魔王を殺すもの）。それが、このアミア湖付近に潜む番人の名前だった。

正体は謎だ。何度かの交戦で分かっているのは、次の三つだけ。

……一つ。交渉は不可能。出会ったら戦うしかない。

……二つ。こいつはアミア湖を守護している。湖にさえ近寄らなければ、何もしない。

……三つ。シャレにならんくらい強い。

メルネスを連れてきたのはそういうことだった。こいつは暗殺者であって水の専門家ではないが、暗殺と不意打ちの専門家だ。

蛇の道は蛇。魔王スレイヤーがどんな不意打ちをしかけてきてもこいつなら感知できる。不意打ちでの事故さえ防いでしまえば、俺とメルネスの二人がかりで倒せない相手はいないだろう。

「あれか？」

「ん……。あー、あれだあれだ。うわ、真っ黒だなー」

丘と言うにはやや大きい山を越えると、木々の向こうに湖らしきものが見えてきた。

どす黒いタールのような水を湛（たた）えた湖。遠目にも汚染されまくっているアレこそが、魔王スレイヤーの本拠地――アミア湖なのだろう。

ここからは湖畔エリア、すなわちヤツのテリトリーということになる。どんな罠が仕掛けられているか分かったものではない。

「……どうする、レオ？」

「まずは普通に近づいてみよう。最後の調査隊はエキドナが魔王になる前に来たっきりだからな。魔王スレイヤーがまだ存命かどうかすら分から——」

「バカ、違う。伏せろ！」

メルネスが珍しく声を荒らげ、俺をひっつかんでその場に伏せた。直後、

「……げえっ⁉」

つい一秒前まで俺が立っていたところを——巨大な氷の槍が通過した。

2. 湖の守護者、その力

思わず頭上を見る。丸太のように太い氷の槍が、すぐ背後の巨木に突き刺さっていた。

まともに当たればかなり大変なことになっていただろう。メルネスがじとりとした視線を俺へと投げかけた。

「レオ。お前、ちょっとたるんでないか」

「いやいやいや。今のはマジでわかんねえって！　だいたい俺が本気になったら、お前の不意打ちだって避けられるんだぞ。忘れたのか！」

「……それもそうか。じゃあ、つまり……」

「ああ。かなりの手練だぞ、注意しろ」

言うまでもなかった。見る見るうちに気候が急変化し、周囲の気温も下がりつつあるからだ。

〝魔王スレイヤー〟について分かっている情報がもう一つある。それは、ヤツが強力な氷術の使い手、ということだ。

氷術は、水精霊ウンディーネと闇精霊シェイドの力を混ぜて発動させる。その点で言うと、魔界は常に夕焼けのような薄暗さだからシェイドの力は強まるし、アミア湖のように巨大な湖の近くはウンディーネの力が強まる。相乗効果で氷術の効果が高まっているのかもしれない。

さく、さく。……さく、さく。

誰かが土を踏みしめ、ゆっくりと俺たちの方に近づいてきた。

「――《氷乱結晶》。私が独自に編み出した呪文だ」

それは、仮面の魔術師だった。

群青（ぐんじょう）色のローブに、白い仮面。ローブにはウンディーネの意匠を込めた刺繍（ししゅう）が施されており、メルネスと同じように目深（まぶか）にフードを被っている。

背は俺よりも低い。メルネスと同じか、やや高いくらいだろう。決して大柄な体格ではない。中性的な声からはわからないが——おそらくは、女だ。

全体から発散する魔力。そして、先ほどの鋭い不意打ち。

……間違いない。こいつが〝魔王スレイヤー〟……！

追撃してくる様子はない。構えすら取らない無防備状態で、仮面の魔術師——魔王スレイヤーは、淡々と説明を重ねた。

「風精霊（シルフ）の力を込めた、目に見えぬ微小な氷の粒子。それで相手を包むことにより、音や気配を遮断する——。ことこの湖畔において、私の不意打ちを躱（かわ）せる者はいない。仲間に救われたようだな」

つ、と魔王スレイヤーが俺を指差し、そしてメルネスを指差した。

こいつの言う通りだ。メルネスは生まれつき風精霊（シルフ）の加護が強い。だから、風精霊（シルフ）の力による気配遮断を見抜くことができたのだろう。

この世に生きる者はみな何かしらの精霊の加護を受けている。魔王エキドナや竜将軍エドヴァルトなら火精霊。メルネスなら風精霊（シルフ）といった具合だ。

リリは呪文がまったく使えないが、それでも実際は土精霊の加護を強く受けており、野宿すると身体の調子がすこぶる良くなると言っている。精霊というのは世界に多くの恵みをくれる、強大な力の持ち主なのだ。

「……もういいだろレオ。見るからに敵だ」

メルネスが腰から二刀短剣を抜き放ち、戦闘態勢を取った。

気持ちは分からなくもない。自分の能力を得意げに解説する奴は、大別すると二種類――よほどのバカか、何かを企んでいるかだ。

この魔王スレイヤーが前者であるわけがない。策にハマる前にさっさと仕留めよう、というメルネスの発言は、割と筋が通っているものだった。

「こいつ、ぜったいに何か企んでるぞ。面倒なことになる前に、殺す」

「待てって！　俺たちはケンカしにきたわけじゃない、湖を調査しにきただけだ。平和に済ませられるなら、それに越したことはない！　なあ、アンタもそうだろ？　えーと……」

「……」

仮面の魔術師は無言だ。じっとこちらを観察している。

「えーと……魔王スレイヤーさん？　で、合ってる？」

幸いというか、意外にもまともな反応があった。少なくとも、話に聞いていたような交渉不能のモンスターではないらしい。

「私が魔王スレイヤー。アミア湖に近寄る愚か者を葬り去る、ウンディーネの守護者だ」

「……やっぱりか。水精霊ウンディーネは、この湖に眠ってるんだな？」

「そうだ」

実のところ、アミア湖はただの湖ではない。

ここには四元素を司る大精霊のうちの一体――水精霊ウンディーネが棲んでいる。そういう事実が、つい最近になって判明したのだ。

ウンディーネは清浄な水をもたらす精霊だ。いくら魔界が魔素まみれと言っても、ウンディーネの住処までもが汚染されきっているというのはおかしい。

こうなると、理由は一つしか考えられない。ウンディーネに何かがあったのだ。

大精霊ウンディーネの力を狂わせる『何か』。それは魔界の環境にまで影響を及ぼし、今に至る――。そう考えれば、魔界中の水が汚染されているのも納得が行く。

俺はありとあらゆる文献を紐解き、徹底的に過去の記録を漁った。

すると、こんなことが分かった――。何百年か前のロノウェという魔王が、あろうことかウンディーネを意図的に暴走させ、敵の領地へ放り込んだらしいのだ。

魔界は戦争に満ちた地だった。村同士が、町同士が、領主と領主が、貴重な資源を奪い合って他人と戦う。呼吸をするように戦争が起こっていた世界が、この魔界である。当然そんな中では、ロノウェのように精霊すら兵器として利用するヤツだって出てくる。精霊を暴走させたり、無理やり操ったり……。この湖に棲んでいたウンディーネは、まさにそういった戦争の被害者になってしまったのだ。

自分の失態がバレるのをロノウェが恐れたのだろう、この事実は巧妙に隠蔽されていた。多くの記録が改ざんされていたせいで、アミア湖が怪しいと気づける者は殆(ほと)んどいなかった。そのせいで、魔王スレイヤーが出没すると分かってからは完全スルーされていたわけだ。

湖に行き、水を調べ、ウンディーネに何があったのかも調査する。

それが今回の俺とメルネスの役目だった。〝魔王スレイヤー〟はオマケなのだ。

そのオマケが……魔王スレイヤーが、底冷えするような声を投げかけてきた。

「名を名乗れ。そして目的を述べろ。ここに何をしにきた」

「俺はレオ。こっちのおっかないのはメルネス。あー……」

……どうしよう。

なんでこいつが魔王スレイヤーをやってるのかは、依然謎のままだ。

しかし、魔王とその配下に敵対的なことは事実である。俺たちが魔王エキドナの配下だということは隠しておいた方がいいのかもしれない。

「……俺らはアミア湖の下流に住んでる者さ。水の汚染が酷いせいで、まわりの人達が困っていてね。文献を調べたら、どうもアミア湖にはウンディーネ様が棲んでるらしいじゃないか。何かあったんじゃないかなーと思ってね。少し調べさせては貰えないかな」

「駄目だ。アミア湖を荒らすことは許されない」

「荒らしたりはしないって。静かにそーっと調べるよ」

「それでも駄目だ。立ち去れ」

取り付く島もない、とはこのことである。今のところ魔王スレイヤーが襲ってくる気配はないが、こちらが強引に突破しようとすればすぐに攻撃してくるだろう。焦れたようにメルネスが溜め息をつき、ずいと一歩前に歩み出た。

「……おい、こっちは仕事なんだ。魔王エキドナの許可も得ている」

うわっバカ！

魔王の名前が出た瞬間、魔王スレイヤーから強烈な怒気が発散された。

「……魔王だと？」

「お前が魔王スレイヤーをやるのは勝手だけど、今の魔王はずいぶんと変わったやつなんだ。平和主義で、魔界のことを何よりも考えていてな。過去の魔王がどれだけバカだったか知らないけど、これじゃあ、ここで通り魔やってるお前もそいつらと同レベルになるぞ。頭を冷やせ」

「………………」

しん、と周囲が静まり返った。

そして、やや間をおいて、

「──やはり魔王の手下か貴様らーッ！　殺す！」

魔王スレイヤーから強烈な魔力が立ち上った。見るからに説得は不可能だ。

「おい……ふざけるなよ。結局こうなるのか」

「お前がふざけんなメルネス！　ＮＧワード連呼したらこうなるに決まってんだろうが！」

魔王の名前が出ただけでこの有様！　もはやこうなると、魔王アレルギーと言ったほうが近いようにすら見える。魔王に恋人を殺されたり、故郷の村を焼かれたりしたんだろうか？

はて、どうしようか。なんとかして穏便に済ませたいものなんだが……。俺が迷っているうちにメルネスの姿がかき消えた。

「……あっメルネス！　ちょっ！」

「もういいだろ。ダラダラ話をしていても埒があかない。殺す」

《無影》と《朧火》。見えない足場を蹴って高速で空中を移動し、上下左右前後あらゆるところから必殺の斬撃を浴びせる、メルネス得意の立体機動。

俺が制止する間もなくメルネスが〝魔王スレイヤー〟の背後を取り、その背中に短剣を突き立てようと——あっ！

「——待てメルネス！　離れろ！」

メルネスが俺の声に反応して動きを止めようとしたが、僅かに遅かった。

短剣の先端が魔王スレイヤーに触れた瞬間——短剣を、メルネスの手を、腕を、分厚い氷が包みだしたのだ！

「迂闊だな。氷術使いに近寄るというのは、こういうことだぞ。少年……！」

「……！」

「《白銀棺》！」

あっという間だった。一瞬のうちに氷がメルネスの全身を覆い、彼を氷漬けにした。

死んではいないだろう。メルネスならばそのうち自力で脱出できるだろうが、それでも戦闘不能なことに変わりはない……！

極低温による自動反撃呪文。それがこいつの切り札ということか！

恐るべきは魔王スレイヤーだ。この僅かな時間で、メルネスの武器が素早い身のこなしだということを見抜いたのだから。

どんなに素早い相手であっても、白兵戦を仕掛ける瞬間は距離が極限まで詰まる。だが、その瞬間を狙って反撃呪文を使うというのは、並大抵の胆力ではまず無理だ！

「まず、一人。これで一対一だな」

魔王スレイヤーは既に落ち着きを取り戻していた。

というより、先ほどの怒りはただの演技だったのだろう。あえて姿を晒したのも、こちらの会話に付き合っていたのも、すべてはメルネスの攻撃を誘うため。自動反撃でメルネスを氷漬けにし、一対一の状況を作り上げるための——布石！

魔王スレイヤー。間違いなく、侮れない敵だ……！

3. お久しぶりです

近距離で睨み合ったまま、俺と魔王スレイヤーは膠着状態に陥っていた。

「——それで？　貴様は戦わないのか？」

「戦わないよ。話し合いで解決できるなら、そうしたいし」

「仲間の仇を討つ気概すら失ったか。ずいぶんと腰抜けになったものだ」

「なんだそれ？　まるで、腰抜けじゃなかった頃の俺を知ってるみたいな言い方だな」

「……」

とある仮説が、俺の頭の中を渦巻いていた。

……なぜこいつは、最初の不意打ちで俺の方を狙ったのだろう？

俺はひょろい青年、メルネスは小柄な少年。どちらも全然強そうに見えないという話は別にして、もしどちらを優先して狙うか？　と言ったら、間違いなくメルネスだろう。

俺の格好は極めてラフだ。どこにでも流通している服に長剣を引っさげただけ。ショボい村の自警団だって、これよりはもう少しマシな装備をしているはずだ。

それに比べると、メルネスの出で立ちは明らかにプロのそれである。深く被った深緑のフードは顔を隠し、ゆったりとした外套はリーチを誤認させる。魔王スレイヤーほどの実力者なら、まずはメルネスから狙うのが正解のはずだ。

にもかかわらず、最初の一撃で俺を仕留めようとした理由は――。

……よし。ここはひとつ、賭けに出てみるとしよう。

「さあどうする。仲間の仇を討つか。それとも、魔王の許へ逃げ帰り、応援を要請するか？」

「――どちらもやりません」

「なに？」

「やらない、と言いました。無意味な戦いをする必要はありません。魔王スレイヤーさん」

　急に俺の声色が変わったので、魔王スレイヤーは僅かに困惑したようだった。

　久々にこういう喋り方をした。これは、俺がまだ生まれたばかりの頃――二〇六〇年、DHシリーズの一人として東京や世界各地で戦っていた頃の口調だ。

　魔王スレイヤーの正体が俺の推測通りなら、これが一番利く。俺はそう考えていた。

「私達は魔界を救うためにここまで来ました。魔界の水が汚染されているのはアミア湖のウンディーネが原因ではないか、と、最近になってようやくわかったのです。魔王ロノウエが記録を改ざんしていたので、気づくのにだいぶ時間がかかりました」

「ウンディーネを殺すつもりか」

「効率だけを考えれば、そうすべきなのでしょうね」

　実を言うと、魔界に清浄な水を取り戻したいなら、一番手っ取り早いのはウンディーネを殺してしまうことだったりする。

　精霊というのは、精霊界と呼ばれる別世界からやってきた大いなる力の断片。末端端末のようなものに過ぎない。精霊界のウンディーネ本体が死なない限り、何度でも『別のウンディーネ』がやってくるのだ。

今のウンディーネに何らかの異常が起きている。そのせいで水が汚染されているのなら、さっさと殺してしまうのが確実だった。

「ただ、私が仕える魔王――魔王エキドナは、そういったやり方を好みません」

「魔王のくせにか」

「魔王のくせにです。おかしいでしょう。誰かの幸せのために誰かを犠牲にするのを極力避けたい魔王なのです。ウンディーネを殺さずに救う方法があるならば、魔王エキドナはそちらの方法を採るでしょう。……たとえ困難な手段でも、です」

「見たところ、君は人間だろう。エキドナは人間界に侵攻したと聞いていたが？　自分の世界を危機に陥(おとしい)れた魔王を憎んではいないのか？」

「むしろ逆ですね。魔王エキドナは、危うく人間界を滅ぼそうとした私を止めてくれました。そして、念願だった《賢者の石》を手にに入れる機会をふいにしてまで、私の命を救ってくれた」

「……ふむ」

俺の言っていることはすべて事実だ。

確かに、エキドナは人間界へ侵攻した。そんなエキドナを俺が倒した。

だがそのあと——暴走した俺を止めてくれたのもまた、エキドナなのだ。俺はあいつに救われたから、こうして生きていられるのだ。

「そういう魔王なんです。過去の魔王とは、明らかに違う。それだけは断言できます」

「貴様の断言になんの価値がある」

「こう見えても、私は三千年もの間生き続け、歴代の魔王とも戦ってきました。人を見る目は確かだという自負があります」

「…………。なるほど。貴様は随分と長いこと、人間界を守ってきたんだな……」

長い沈黙があった。魔王スレイヤーは、いましがた口にした自分の言葉を反芻しながら、何かしらをじっくりと考え込んでいるようだった。

「貴様の名前は？」

「レオです。レオ・デモンハート。人からは〝勇者〟と呼ばれています」

奇妙な会話だった。俺の自己紹介をしているようでもあり、エキドナの売り込みをしているようでもあり、……思い出話をしているようでもある。

ＮＧワードが連呼されているというのに、魔王スレイヤーはその間、じっくりと俺の話を聞き、時折小さく頷いてすら見せた。

「最後に一つ、聞いておこう。……レオ。キミの、いまの目的は？」

「水質調査。――という答えでは、不服そうですね」

「ああ。そういう意味での問いではないからね」

目先の話ではなく、より大局的な見方で答えろという意味なのだろう。

俺は少し考えた後、いちばんわかりやすい言い方を選んだ。

「世界平和です」

「……は？」

「魔王エキドナは魔界を救いたい。私は人間界を守りたいし、私を助けてくれた魔王エキドナの願いも叶(かな)えたい。なら、やることは一つでしょう。荒廃しつつある魔界を救い、魔界と人間界との和平を築き、誰も戦わなくていい世界を作り上げます」

「……水の汚染をなんとかするのも、世界平和活動の一環か。前例がないぞ？　人間界と魔界の和平など。先代魔王キュクレウスですら出来なかったことだ」

「前例というのは待つものではなく、自ら作るものです。何が待ち受けているかわからない荒野に勇気を持って踏み出し、失敗上等で挑む――だからこそ偉業は成しとげられ、前例が出来る」

「出来ると思うのか？」

「できます。勇者と魔王が力を合わせれば」

「………。そうか。ふむ。なるほどな」

長い長い沈黙があった。

「……なるほどな……」

もう一度、魔王スレイヤーが静かに呟いた。既にその声色から敵意が失われているのは明らかで、立ち振る舞いもまた、俺に対して友好的なものになっていた。

「いいだろう。〝今の〟キミのことは、十分すぎるほどにわかった」

「ありがとうございます」

「ふっ。その口調も、もうやめていい。手間をかけさせたね」

魔王スレイヤーがそう言って笑うと、彼……彼女……の手が顔元に伸び、被っていた仮面を静かに外した。目深に被っていたフードを払うと、きらきらと輝く金色のショートヘアが現れた。

少女のようでもあり、少年のようでもある、中性的な顔と声。

氷術の使い手。そして、極低温による自動反撃呪文。

──魔王スレイヤーの正体は、俺の予想通りの相手だった。

もう演技をする必要はないというのに、俺の口調は自然と、昔のそれになっていた。

「お久しぶりです。三千年ぶりですね、DH-12――アクエリアス」

「久しぶり。そちらは随分と変わったようだね、レオ」

魔王スレイヤーの正体。

それは、三千年前に魔王ベリアルとの戦いで死んだと思っていた、俺《DH-05》の兄妹。

英国出身の氷使い、DH-12［アクエリアス］だった。

4．我が王のポリシー

「――で、ひとつずつ説明してくれないかアクエリアス。なんでお前はこんなところで、ウンディーネの守護者なんかやってるんだ？」

「順番に説明するよ。立ち話で恐縮だけどね」

「おい……恐縮するなら、僕を氷漬けにしたことをまず謝れ」

「はははは、あれはキミが襲いかかってきたからだろう？　正当防衛ってやつだよ」

あのあとすぐ。解凍したメルネスをまじえ、俺たち三人はアミア湖を見下ろす小高い山の上で休憩を取っていた。ちょっとした広場で焚き火を囲いながらの雑談だ。

魔王スレイヤーがDH（デモン・ハート）シリーズだと知ったメルネスは大いに困惑したようだったが、それよりも氷漬けにされたことの方がよほど気になるらしい。先ほどからアクエリアスを睨（にら）み、あからさまな敵意をぶつけている。

「正当防衛云々（うんぬん）は置いといて……そうだな。私が魔界に来た時のことから、順に話していこう。レオ、魔王ベリアルとの最終決戦は覚えているよね？」

「忘れるわけがない。お前は魔王城の東の塔担当だったな。相手の名前は――アスタロト。そういう名前の将軍だった」

三千年前のことなのに、俺の中ではつい昨日のことのように思い出せる。

西暦二〇六〇年。魔王ベリアルを倒す――その思いだけで世界中が一丸となり、俺たちDH（デモン・ハート）シリーズを先頭にヒマラヤ山脈奥地の魔王城へ攻め入った時のことを。

ベリアルは破滅論者だった。『人間界も魔界も、人間も魔族も、すべて無に帰ってしまえばいい。そうすればあらゆる苦しみ、あらゆる絶望、あらゆる恐怖から解放される』――。言ってみればベリアルの人間界侵攻は、極めて迷惑な集団自殺だったのだ。

そんなベリアルに付き従うのだから、直属の将軍たちも並大抵の連中ではなかった。勝っても負けても滅びが待っている。だから惜しみなく命を捨て、捨て身の攻撃をかけてくる。将軍アスタロトと戦う時、アクエリアスは間違いなく死を意識したはずだ。

「なんとかアスタロトを倒したのはよかったんだけど、城から脱出する体力が残ってなくてね。城の崩壊に巻き込まれてしまったんだが……運よく落ちた先が、魔界に通じる《大霊穴》だったんだ。瀕死のまま魔界に放り出されたってわけさ」

「よく生きてたな……!?」

「あのままなら死んでたと思うよ。アミア湖のほとりに辿り着いたはいいものの、指一本動かせない状態だった。湖の近くに住んでいた、〝水の里〟の村人たちと……そして、彼らが崇める精霊、湖の主、ウンディーネ。彼女が私を助けてくれたんだ」

アクエリアスが懐かしそうにアミア湖を見た。

まだ綺麗だった頃のアミア湖を懐かしんでか、それとも当時の人々を懐かしんでか。いずれにせよアクエリアスの視線からは、今は失ってしまったものへの郷愁が感じられた。

「良い人たちだったよ。ウンディーネも私の良き友になってくれた。たまに野盗やら何やらがやってきたけど、私の敵ではなかったしね」

「はん。そりゃそうだ」

魔界は戦争だらけの地だが、その戦争の殆どは下級魔族どもの小競り合いだ。ベリアル級の魔王でも出てこない限り、ＤＨシリーズの一人であるアクエリアスが負ける道理はない。

この湖に棲まうウンディーネ。そして、ウンディーネを崇め奉る〝水の里〟の村人達。彼らにとってアクエリアスは良き友であり、同時に、ウンディーネと並び立つ『守り神』そのものだったのだろう。そう思えた。

「でも、肝心なときにウンディーネを守れなかったわけだ」

無言で小枝を焚き火に放り込んでいたメルネスが、ぶっきらぼうに言った。

「ウンディーネは数百年前、魔王ロノウェに兵器利用されたらしいじゃないか。魔王スレイヤーのくせに、ロノウェには勝てなかったのか?」

「勝てなかった。そう言わざるを得ないな……。ヤツは腕っぷしこそ然程でもないけど、たった一つの特技だけで魔王にまで上り詰めたヤツなんだ。メルネス君、それがなんだか分かるかい?」

「〝認識阻害〟。そう聞いてる」

「そうだ」

認識阻害。あるいは、広域催眠。相手の認識を狂わせて同士討ちさせる、幻術の一種だ。一度通れば効果は絶大。針で刺された程度の痛みは銃弾が直撃したような激痛に変わり、人畜無害なウサギが炎を吐く巨大なドラゴンに見える。

幻術だけではない。ロノウェはあらゆる事実を改竄し、捻じ曲げる能力に長けていた。

魔力だけでなく、財力や交渉力といったものもあったのだろう。だからこそ、アミア湖のウンディーネが暴走しているという事実が今日までひた隠しにされてきたのだ。

「〝アミア湖の近くに砦を築きたい。協力してくれれば村人たちにも報酬を出すし、村がよそ者に襲われないよう協力する〟――そんなことを言って代表役として私を王都におびき出し、ゆっくりゆっくりゆっくりと幻術に沈めていったんだ。ハメられた、と気づいたときには、もう手遅れだった」

忌々しげにアクエリアスが言った。

ワンマン組織というのはこういう時に辛い。誰か一人に頼り切りだと、いざそいつが不在になった時に仕事を引き継げるやつが居ないのだ。

村にスパイを送り込む。アクエリアスが守りの要だと見抜いたあとは、そのアクエリアスをおびき出す……正攻法で行くなら、俺だってそんな感じに湖を落とす。

「お前が不在の間にロノウェは湖に攻め込んだ。ウンディーネを暴走させ、敵の領地に放った――ってところか」

「そうだ。私が戻ったとき、抵抗した〝水の里〟の人々は殺され、ウンディーネもまた姿を消していた。その後なんとかして彼女と再会したけれど、以前の面影は残っておらず、暴走を解く手立てもなかった……」

「だから、ああしてウンディーネを封印したんだな。湖の底深くに」

そこでいったん、俺たち三人は湖の方に目をやった。

俺たちのいる広場からはアミア湖がよく見える。どす黒いタールのような水を湛えたその湖面は——よく見ると、完全に凍結している。今のアミア湖は、凍結湖なのだ。

凍らせたのはアクエリアスだ。暴走したウンディーネを止めるため、彼女の住処ごとウンディーネを凍らせて封印した——というところなのだろう。

「でも誤算だった。暴走したウンディーネの力が強すぎたんだ。私がアミア湖から離ればたちどころに封印が解けてしまう……助けを求めることも出来ず、立ち往生さ」

「〝魔王スレイヤー〟をやってた理由は？」

メルネスが鋭く口を挟んだ。

「歴代魔王がバカばっかりだったとしても、事情を話せばさすがに協力するはずだろ。魔王率いるアミア湖調査隊を何度も撃退するっていうのは、ウンディーネを治すのと真逆の行為だ」

「それもロノウェの仕業だ。私がウンディーネを封印したことを知ると、ヤツは〝ウンディーネに親しい者ほど凶悪な魔獣に見える〟という呪いを魔界にばらまいたんだ。期間はきっかり五百年。効果が切れたのは、ほんとについ最近で……私はその間、誰にも事情を話せなかった」

「マジかよ。そのレベルの術を五百年⁉」

「腐っても魔王、ということだね。ロノウェもかなり寿命を削ったらしい。事の真相を知る私をなんとしても孤立させ、始末したかったんだろう」

「破滅主義者かよ……。ウンディーネが暴走したままなら、いずれ魔界も滅ぶんだぞ」

「あるいは、本当にそうだったのかもしれない。〝魔界も人間界も滅んでしまえばいい、死ねばすべてが救われる〟――そういう怪しい教団に属していたという噂もあったから」

「ベリアルと同じか。おおかた、〝偉大なるベリアル様の遺志を我々が継ぐのだ！〟とか、そういう連中だろ」

なるほどな、と俺は唸った。メルネスも納得したように頷いている。

魔王からは敵とみなされる。湖からは離れられない。ウンディーネのせいで水の汚染が進み、アミア湖には続々と魔王配下の調査隊が送られてくる。

しかも、その調査隊からはアクエリアスが凶悪な魔獣に見える。当然攻撃を受けるんだから、こっちも応戦せざるを得ない。

詰んでる。そうとしか言いようがない状態だ。

こういう過去があったから、アクエリアスは〝魔王スレイヤー〟として活動せざるを得なかったのだ。ロノウェとしては、自分が倒れても次の魔王がアクエリアスを倒してくれることに期待していたのだろう。

こうなると、俺たちが〝魔王の使いで調査に来ました。僕たちは敵じゃありません〟なんて言って納得してくれるわけがない。アクエリアスが襲いかかってきたのも納得と言えた。

「レオの顔を見た時はびっくりしたよ。なにせ、君の特性は〝超成長〟だものな」

「ふふん。三千年経ってレベルが上がりまくった俺が敵〝かもしれない〟——ってのは、良い気分じゃなかっただろ。説得どころじゃないよな」

「冗談抜きに肝が冷えたよ。だから、確実に初手で殺そうと思っていた」

「僕が居たから失敗したけどな。ふん、不意打ちで僕に勝てると思うなよ」

「いや、まったくだね！　負けた、負けたよ。実際すごいよ、メルネス君！」

メルネスが若干得意げに鼻を鳴らした。こいつ、負けず嫌いすぎだろ……。

アクエリアスもまた、こいつがどういう性格か分かってきたらしい。強風を受け流す柳の木のごとく、のらりくらりとメルネスの言葉を躱している。

「結果的に、不意打ちが失敗してよかったよ。おかげでレオが全く変わってないことが確認できたし、魔王エキドナがこれまでの魔王と違うということもわかった。かなりの成果さ」

「誤解が解けてめでたしめでたし、というわけだ。……で？」

「うん」

「どうするよ。これから」

「……どうしたものかね」

アクエリアスが腕組みし、小さく考え込むフリをした。

実際のところは考えるまでもない。魔界の水を浄化するなら、一番手っ取り早いのは、汚染水を垂れ流しているウンディーネをさっさと殺してしまうことである。

ウンディーネを倒しても、いずれ精霊界から新しい〝端末〟がやってくる。悪い言い方をすれば『かわりはいくらでもいる』のだから、汚染源を除去しない理由がないのだ。

だが、新しい端末は性格や思い出までは引き継がない。

アクエリアスが躊躇（ちゅうちょ）しているのはそこだ。長い年月を共に過ごしたウンディーネというのは、今ここにしかいないのだ。殺してしまえば、アクエリアスの親友は未来永劫（えいごう）失われてしまう。

「実のところね。ウンディーネを殺す――というのも、選択肢の一つには入っているんだ」

俺の考えを読んだかのように、アクエリアスがぽつりと言った。

「これ以上、暴走している彼女を放置することは許されないからね。たとえレオたちが敵であったとしても、なんとかして共闘だけは申し込むつもりでいた」

「〝魔界の水を元に戻すため、いっしょにウンディーネを倒しましょう〟……か」

「ああ。私一人で今のウンディーネを倒すのは、少々無理があるからね」

「そんなに強いのか？　ウンディーネは」

「私との相性問題もあるんだけど、なにより暴走してパワーが増してるからね。DH（デモン・ハート）シリーズが三体いれば倒せる……ってくらいだろう。私とレオ、それに魔王とその部下が加われば――」

「居るじゃん。三体」

「え？」

メルネスの呟き（つぶや）に、アクエリアスがぎょっとしたような顔をした。

「ヴァルゴとかいうやつが先日レオに負けて、魔王軍に入った。詳しい話はレオから聞け。なんにせよ、お前とレオとヴァルゴで三体だ」

「はぁ⁉　ヴァルゴ⁉　えっ、嘘（うそ）だろう？　彼も生きてたのか⁉」

アクエリアスが俺の方を向いた。いつも余裕綽々（よゆうしゃくしゃく）のこいつにしては珍しい取り乱し方だ。

「メルネスの言ってることは本当だ。まあヴァルゴとも色々あったし、それは今度改めて説明するけど……とにかく元気だよ。性格も、戦闘能力も、だいたい昔のままさ」

「ええ……それじゃ楽勝じゃないか。ウンディーネに負ける要素がないぞ……」

勝利が約束されたというのに、アクエリアスの顔はあまり嬉しそうではなかった。

まあ、そりゃそうだろう。ここで『これで親友をブチ殺せるぞ！　やったー！』なんて喜ぶような奴なら、義理堅く独りで何百年もアミア湖を守護したりはしないはずだ。

アクエリアスだって馬鹿ではない。暴走ウンディーネを放置すれば、いずれ魔界全体の水が汚染され、魔界が滅ぶということだって分かっていたはずだ。その上でウンディーネを守り続けてきたということは、よほど深い絆で結ばれているのだろう。

気持ちは、わかる。

もし俺が同じ立場だとしたら――エキドナや四天王たちがウンディーネのように暴走してしまったとしたら。俺は彼らを殺さず、封印し、治療する方法を探すかもしれない。

〝世界よりも大事な人〟、〝世界の命運を懸けてでも助けたい人〟。極めてチープな感情論ではあるが、蔑ろにはできない。そういう人は確実に存在するのだから。

「アクエリアス」

「ああ……分かっている。分かっているよ」

アクエリアスがぴくりと肩を震わせた。そして、決意を秘めた顔で頷く。

「ウンディーネを倒そう。さっきも話したとおり、私はここから動けない。すまないがレオ、まずは君から魔王エキドナに話を通して……」

「違う。お前、俺の話聞いてなかったのか?」

「なに?」

まさかここにきて、『ウンディーネを倒す』という方向に反論されるとは思っていなかったのだろう。アクエリアスが眉をひそめた。

「さっきも言ったろ。魔王エキドナは、誰かを犠牲にするようなやり方を好まない」

「魔王のくせに、か」

「魔王のくせに、だ」

アレは馬鹿な女だ。俺が出会ってきた中でも歴代最高の馬鹿だと言っていい。

魔界を救うために《賢者の石》を求め、断腸の思いで人間界侵攻を行った。

そのくせ、人間界では可能な限り破壊活動を控え、死者を最小限に抑えるよう配慮した。

そこまでしたにもかかわらず、最後は〝俺の命を救う〟というちっぽけな目的のために《賢者の石》の入手チャンスをふいにした。

どうしようもなく欲張りで、甘い。それが魔王エキドナという女なのだ。

そんなエキドナが、アクエリアスの友を殺して水を浄化するという戦法を承諾するだろうか？

するわけがない。まずは救う手段を――殺さないで済む手段を徹底的に洗うはずだ。

俺はエキドナの代弁者としてここにいる。ならば、かけるべき言葉は一つだった。

「いいかアクエリアス。今お前がやるべきことは、悲壮な決意を固めることじゃない。……頭を働かせろ。知ってることを全部話せ。親友を救うことを諦めるな」

俺の思い出の中のこいつは、いつも余裕たっぷりに笑っていた。どんな困難な状況でも、ウィットとユーモアを忘れない――それが英国で生まれた自分の誇りであり、英国淑女としての理想の姿なのだと言っていた。

「苦境に立たされた時こそ、不敵に笑ってジョークを飛ばせ。それが英国淑女なんだろ？」

「……ふふっ。ははは……ははは！　そうか、そうか！」

アクエリアスが破顔した。メルネスが怪訝（けげん）な顔をするのにも構わず、大声で笑う。

そうそう。やっぱりお前は、そうやって笑ってる方がよく似合う。

「まさか君に、英国淑女の心がけを説かれるとはな」

「俺も成長しただろ」

薪を一つ焚き火に投げ入れ、俺は前方に広がる凍結湖に目をやった。

アクエリアスの親友が囚われている、黒い檻を。

「さ、考えるぞ。ウンディーネを助ける方法を」

第四・五章　A.D.4549　魔王ロノウェ、討たれる

——他に誰も居ない王の間で、二人の男が対峙(たいじ)していた。

一人は甲冑(かっちゅう)を身に着けた無精髭(ぶしょうひげ)の男だ。大きく捻(ねじ)れた角と尻尾は、上位魔族の証(あかし)である。

もう一人は、甲冑の男よりも豪奢(ごうしゃ)な身なりでありながら、男の前で無様に這(は)いつくばっていた。その全身は血まみれで、致命傷を負っているのは明らかだ。

瀕死(ひんし)の男の名は、魔王ロノウェ。魔界を統(す)べる王。

いや、王〝だった〟というべきだろう。いかな魔王と雖(いえど)も、この状況ではもはや助かるまい。

「貴様……貴様、分かっているのか！　魔王たる私にこんな狼藉(ろうぜき)を……！」

「もう魔王じゃないだろ？　負けたんだからよ」

鬱陶しげに溜(た)め息(いき)をつき、男がロノウェの喉元に剣を突きつけた。

「〝ベリアル様の遺志を継いで、人間界も魔界も滅ぼす〟だあ？　困るんだよ、んなことされちゃあ。娘に魔王をやらせて俺はのんびり暮らすっていう、無敵の老後プランが台無

しだろうが」

「う……！　ま、待て。やめろキュクレウス！」

キュクレウス、と呼ばれた甲冑の男が無造作に剣を突き出す。へたりこんだまま後ろへずり下がるロノウェだったが、すぐにその背中は壁にぶつかった。

「わかった、魔王の座はお前に譲る！　ベリアル教団も抜けよう！　だから……！」

「だから、お前はもう魔王じゃないって言ってるだろ。無い袖は振れない——お前のものじゃない王座を、どうやって譲るんだよ」

「待っ——！」

「んじゃあな。あばよ、〝元〟魔王——ロノウェ陛下」

……ぞん！

キュクレウスが剣を一閃(いっせん)させた。ロノウェの首が宙を舞い、次の瞬間、ロノウェの五体もまた、ズタズタに切り裂かれる。

一度の斬撃で八度斬る。《音速斬(ソニックブロー)》と呼ばれる、キュクレウスの得意技だった。苦しむことなく一瞬で殺したのは、前王に対するせめてもの敬意というところか。

「あー、終わった終わった。余計な時間食っちまったな……」

準備運動でも終わらせたかのように、キュクレウスが王の間の扉に向き直った。

いや、事実、彼にとってはロノウェを始末するのなど準備運動に過ぎなかったのだ。本番は、これから飛び込んでくる災厄をどう受け流すか——にかかっている。

剣を鞘に納めることなく、キュクレウスが身構えた。

宙を舞っていたロノウェの首が、思い出したかのように床に落ちた。

そして、

「——魔王ロノウェエエエッ！」

扉が勢いよく蹴破られ、一人の少女が王の間へ飛び込んできた。

金色のショートヘア。華奢な体つきに、すらりと伸びた手足。その姿は可憐な少女のようにも見えるし、凛々しい少年のようにも見える。

彼女の名はアクエリアス。はるか昔にこの魔界へ流れついた、アミア湖の守護神だった。

さも村のため、という体を装って自分をおびき出し、その間にアミア湖を襲った——友のウンディーネは何処かへ連れ去られ、抵抗した村人は殺された。ロノウェの悪行に気づいたアクエリアスは、文字通り刺し違える覚悟で王城に殴り込んできたのだ！

「貴様のような外道は百回殺しても殺し足りないッ！　あの世で——」

「あの世に行ったよ、その外道は。今しがたな」

「……………。……君は」

激昂していてもなお、アクエリアスには理性が残っていた。

目の前に立つ甲冑の男は、どう見ても魔王ロノウェではない。血が上った頭であっても、それくらいはすぐに理解できる。

「キュクレウス。さっきまでは魔王ロノウェの近衛騎士だった男だ。今は……そうさな。魔王キュクレウス、とでも名乗っとこう。ロノウェの首を取ったのは俺だし」

「君が殺したのか？」

アクエリアスも、無造作に転がっている首がロノウェのものであることに気づいたらしい。行き場を失った怒りを持て余しながら、キュクレウスに向き合った。

「こいつが所属していたのは『ベリアル教団』って言ってな。二千五百年前の暴王ベリアルの遺志を継いで、魔界も人間界も滅ぼしちまおうっていう……早い話が、はた迷惑な自殺集団だ。そんな奴に王をやらせると面倒この上ないんで、穏便に退位して頂いた」

「……ウンディーネを暴走させたのも、その教団の意志ということか」

「そゆこと。バッカだよなあ、こいつ」

キュクレウスがぞんざいにロノウェの首を蹴り飛ばした。蹴りに炎の魔力が含まれていたのだろう、あっという間にロノウェの首は紅蓮の炎に包まれ、黒い灰となった。

「ウンディーネ暴走計画のため、寿命を千年も削ってアンタに呪いをかけたんだぜ。いくら魔族が長生きっつっても、大量に寿命を失えば魔力も落ちる……ヨボヨボ爺さん同然になったロノウェなら、俺でもあっさり倒せるってわけ。遅かれ早かれ誰かに殺られてただろうよ」

「むしろ君は、それを狙っていたんじゃないか？」

ぴくん、とキュクレウスの片眉が跳ね上がった。

「君は魔王になりたかった。しかし、絶大な力を誇るロノウェが邪魔だった。だからロノウェを討つチャンスをずっと待っていた……そうじゃないのかな」

「当たりだ」

さして悪びれた様子もなく、キュクレウスが肩を竦める。

「俺は新しい、平和な魔界を作るつもりなんでね。ロノウェみたいに古臭い魔王には、さっさとご退場願いたかったのさ」

キュクレウスは、この頃の魔界では珍しい穏健派だった。『魔界が荒廃しているからといって、なにも人間界を侵略する必要はない。それより魔族同士で手を取り合って、この世界を良くしていこうじゃないか』……という、当時では異端極まりない考えを主張していた男だった。

だからこそ、ロノウェのように破滅へ突っ走るだけの存在は許せなかった。いかにしてロノウェを王座から蹴落とすか――キュクレウスは、虎視眈々とチャンスを狙っていたのだ。

「これから俺は、地盤固めをする」

そんなキュクレウスが、まるで野暮用でも片付けるかのような気軽さで言った。

「魔界にはたんまりと負債が残ってるからな。暴力でなんでも解決しようとするヤツは未だに後を絶たないし、勝手に人間界を侵略しようとするバカも多い。平和な魔界を作るため……まずはそういう奴らを綺麗に掃除していかなきゃな」

「きみ一代で魔界を変えるつもりなのか……!?　この、何千年も不変を貫いてきた、暴力と混沌に満ちた世界を？」

「いやあ、流石に一代じゃムリだ。俺は地盤固めに専念して、俺の娘が大きくなったら後を託す。娘こそ、ホントに平和な魔界を作ってくれるはずだ。おそらく。人間界の〝勇者〟にも一度会いにいって、魔界が変わりつつあることを知らせておくさ」

いい加減なのか思慮深いのか、よくわからない男であった。

この時のアクエリアスにわかったのは、このキュクレウスという男がひどく変わっているという事実だけだ。そして、不思議と彼の話に耳を傾けたくなるカリスマ性がある、ということも。

「で？　アンタこそどうするんだ。〝ウンディーネの騎士〟――アクエリアス」

「……」

「今のアンタにはロノウェの呪いがかかってる。魔王が寿命を千年も削ってかけた、極めて強力な呪い――『認識阻害』の呪いだ」

「……具体的には、どうなる？」

「要するに幻術さ。あんたの身体は何も変わらないが、他人から見た時のアンタの姿が変わる。あと数日もすれば、魔界の誰から見ても、アンタの姿は《魔犬》だとか《三つ首竜》だとかの凶悪な魔獣にしか見えなくなるだろう。アンタは討伐対象になる」

「くそ……！　ロノウェのやつ、やってくれるな。最後の最後まで」

「ついでに言えば、有効期間は削った寿命の半分。つまり五百年だ。たっぷりあるな」

アクエリアスが歯噛みした。彼女としては世界中を巡り、一日でも早く暴走したウンディーネを元に戻したかったのだろう。だが、そんな呪いをかけられていては旅などとうてい不可能だ。

外部協力者が必要だ。アクエリアスがキュクレウスへ視線を向け、

「俺には期待するなよ。ことウンディーネ関連において、俺はいっさい役に立てん」

考えを先読みするようにキュクレウスが両手をあげた。お手上げ、ということらしかっ

た。

「ロノウェの狙いは、ウンディーネを暴走させたままにして魔界の環境を悪化させ、破滅への第一歩とすること――つまり、配下だった俺にも口封じの呪いがかかってるのさ。ウンディーネ関連の記憶はじきに薄れて、消えてしまうだろう」

「ウンディーネが暴走したことも、アミア湖に眠っていることも、忘れてしまうというのか」

「そうだ。だから俺たちに残された手は、ロノウェの呪いが発動する前にさっさとウンディーネを殺すか――あるいは」

「五百年後。呪いが解けたあと、改めてウンディーネを救う方法を探す――か」

「ああ。いやな？　本当なら暴走した精霊なんぞ、さっさと殺すに限るんだが……」

そこで、キュクレウスはいったん言葉を切った。

やや照れくさそうに頬を掻き、視線を反らしながらアクエリアスに言う。

「アンタのおかげで目障りなロノウェを殺せたんだ。借りができちまったもんなあ……」

「……待ってくれる、と？」

「こう見えても俺は義理堅いんでね。アンタの呪いが解けるまでウンディーネは捨て置く。五百年後に呪いが解けたら、ウチの娘を頼ってくれ。きっと魔王をやってるはずだ」

「おいおい。君の娘が魔王になっているとは限らないだろ」

「なってるんじゃない？　俺の娘だもん。平和を愛するいい魔王になってるよ、多分」

「はあ……」

キュクレウスという男が持つ生来のカリスマ性か、アクエリアスの怒りは既に霧散していた。むしろ、今後の生活の困難さの方がよほど気になる。

「そろそろ行けよ。アンタと一緒に居るところを見られたら、説明がややこしくなる」

「ああ」

アクエリアスは頓着しなかった。ロノウェも死んだ今、さっさと王宮から逃げるに限る。外へと通じる窓の一つを破壊しかけたところで、アクエリアスが振り返った。

「なあ、キュクレウス！」

「ん？」

「君は、割と好ましい人物だと思うんだが……この出会いも『ウンディーネ関連の記憶』になるのか？　じきに私のことは忘れてしまうのか？」

「多分な。だからお互い、五百年後までサヨナラだ。俺は魔界の地盤固めを頑張るから、お前もお前の仕事をやれ。達者でな」

今度こそ、アクエリアスは立ち止まらなかった。王宮の窓から宙に躍り出て、そのまま魔界の薄闇へと消えた。

「……あ」

それを見送った直後、キュクレウスが間抜けな声をあげた。

「しまったな。娘の名前を伝え忘れた。……ま、いいか」

キュクレウスが懐(ふところ)から一枚の写真を取り出した。赤髪の勝ち気そうな少女と、それよりもやや幼い、物静かな黒髪の少女が写っている。

「どうせどっちかが魔王になるんだ。そのうちどっかで会うよな」

赤髪の方はエキドナ。黒髪の方は、妹のイリス。

現在の魔界を統(す)べる、魔王と副王――その二人の、まだ幼い頃の姿であった。

第五章　勇者vs副王イリス（？）

1．女性の部屋には勝手に入るな

　コン、コン、ココン、コン。

　ノックを適当に数回。続いて、豪華な扉の向こうに声をかける。

「おーいエキドナ。来たぞー」

　ここは王都スヴァネティア。王宮の奥まったところにあるエキドナの私室前だ。

　あのあと――アクエリアスとの作戦会議を終えた俺は、こうして王都へ戻ってきた。

　結論から言えば、ウンディーネを助けるにはちょっとした人捜しが必要だと分かった。

　おおまかな場所は特定できているから、あと必要なのは魔王の許可だけ。アミア湖の調査報告ついでに、エキドナから許可を貰おうというわけだ。

「うおーいエキドナ、レオだ！　水質調査の結果報告に来た。開けろ！」

　部屋の中からの返事はない。お行儀が悪いのを承知で部屋のドアノブに触れてみるが、物理的にも魔術的にも三重のロックがかかっているようだった。

現在時刻は午後三時。寝るにはまだ早い時間帯だ。

そもそもの話、この時間を指定したのはエキドナである。『午前中は忙しいから、三時頃に我の私室に来い』と、わざわざあっちから言ってきたのだ。居ないわけがない。

「……おいおい。どうなってんだ？」

居ないわけがないのだが……。繰り返しノックしても、返事はない。

これは、弱った。勝手に入ろうかとも思ったが、さすがにそれはマズいだろう。男が女の私室に無断で侵入するというのは、よほどの理由がない限り許されない行為である。

……まあ、シュティーナに対しては、それをやっちゃったわけだけど。

あれは別に構わないだろう。シュティーナだし……。

更にもう一度ノックしても、中からの返事はなかった。どうやら本格的に不在らしい。

仕方がない。アミア湖の報告、そして人捜しは急ぎの用件ではあるが、下手なことをしてエキドナの好感度を下げたくもない。今日の夜か、明日の朝にでも再訪するとしよう。

俺がそう思い、扉に背を向けた直後だった。

『――――レオね？』

「ん」

部屋の中から、女の子の声が聞こえたのは。

『ちょっと取り込み中だったの。鍵は開けたわ、入りなさい』

「……」

思わず、ドアの前で硬直してしまう。

当たり前だ。今の声は……俺がはじめて耳にする、エキドナでもシュティーナでもない、謎の声だったからだ。

声質からすると、年齢はかなり幼い。せいぜいリリよりやや歳上程度だろう。人間界でも魔界でも、まったく聞き覚えの無い声である。

そんなやつが、なぜ魔王の私室に侵入している……？

……まさか。エキドナに恨みを持つどこぞの貴族が送り込んだ、暗殺者か……!?

『ちょっと？　開けたって言ってるじゃない！　さっさと入ってきなさいよ！』

俺が押し黙っていると、声色がだんだんと弱々しくなっていく。

『ね、ねえ……？　もしかして帰っちゃった？　嘘よね……？』

あっ、ごめん。これ、暗殺者じゃないな……？

暗殺者ならこんなことは言わない。油断を誘うにしても、もう少し別の手があるだろう。

こいつは……暗殺者よりももっとマヌケな何かに違いない。

どうしたものかと一瞬考えたが、もとより選択肢は一つだ。

俺は頭をかきかき、改めてドアノブに手をかけた。

「あー、悪い。こっちも取り込み中だった。入るぜ」

きらびやかな飾りがついた扉を、ゆっくりと押し開ける。

まず視界に飛び込んでくるのは、豪華な絨毯（じゅうたん）。壁にかかっている様々な武具。いかにも王の居室です、といったインテリア。

先日エキドナと話したときとまったく同じ光景だが、一つだけ明確に異なる点がある。

それが、扉の前で待ち構えている『彼女』だった。

「おっそいのよ！　帰っちゃったかなって心配したじゃない！」

「……はあ。それは、また。すんませんでした」

思わず変な口調で謝ってしまう。

「謝罪に心が籠もってない！」

「いや、だってさあ……お前……」

――俺の前に立つ、見知らぬ少女。

光すら吸い込むような漆黒のドレス。

さらさらと揺れる、よく手入れの行き届いたロングの銀髪。

細い腰にさげているのは、暗銀色の刺突剣（レイピア）。

人間年齢にすると、年の頃は十四、十五歳くらいだろうか。エキドナに似た角と尻尾があることから、この娘が上位魔族——悪魔族（デーモン）であることは分かった。

「……なあ。お前、誰？」

「ふふん。そう聞かれたからには挨拶させてもらうわ。私はイリス——副王イリス！」

そんな見知らぬ少女がえらそうにふんぞり返り、鼻息荒く名乗りをあげた。

「現魔王、高貴にして偉大なるエキドナ姉さまの妹。絶対無敵の美少女剣士、副王イリス様よ！」

2.『なぜそれをするのか』を教えよ

副王イリス。

名前だけは以前、シュティーナから聞いたことがある。その名の通り、エキドナが不在のときに代理をつとめる『もう一人の王』で——エキドナが人間界に攻め込んでいた間は、彼女が魔界を統治していたのだという。もちろん、魔界から人間界に向けての支援物資の手配なども込みだ。

いかにも王らしく振る舞うエキドナと比べ、イリスの性格はまさに正反対。思慮深く、冷静で、口数が少ないが情が薄いわけではない。

まるで影のように敬愛する姉を支える、静かなる実力者。それが副王イリスという話だった。

ついでに言えば、その副王の座も血縁によるコネで手に入れたものではない。エキドナやシュティーナと同じく『次期魔王決定バトルロイヤル』に出場し、自力で準優勝して得たものだ。

相当な才媛だと聞いている。

聞いているのだが。

いま、俺の前でふんぞり返っているこの少女は、どう見ても『思慮深い』『影のよう』という形容詞からは程遠い存在だった。

「……お前……なんか、聞いてたのとずいぶん違うな」

「レディに向かって〝お前〟とは失礼ね！　初対面の……」

憤懣（ふんまん）するイリスが、なぜかそこで一度口ごもった。そして、おどおどと訊（たず）ねてくる。

「……しょ、初対面よね？」

「なんでそこで自信がなくなるんだよ。初対面だろ、間違いなく」

「だったらいいのよ。――初対面の相手に〝お前〟とは失礼ね！」

「はいはい。悪かったよ、イリス様」

「素直でよろしい。許したげる」

部屋を見回す。魔力も辿ってみるが、どうも室内には俺とイリスだけのようだ。つまり、部屋の主であるエキドナは不在である。

エキドナは何処に行ったのか？　というところも疑問だが、それ以上に、イリスがエキドナの私室にいるのも疑問だった。

いくら姉妹といっても、プライベートというものがあるはずだ。自分が不在の間に、私室に妹をほったらかしにするものだろうか……？

「……」

「なによ？」

こいつ……。

こいつの正体は、もしかして……。

「姉さまならしばらく出張よ。私は代理」

洞察力はあるらしい。俺の考えを読むかのようにイリスが口を挟んだ。

「人間界への遠征で、長いあいだ魔界を留守にしてたでしょ？　だから、各地の有力領主のところに挨拶回り」

「なるほどな。魔界の勢力も一枚岩じゃない。地道な外交努力が必要、というわけか」

「そういうこと。メルネス君だっけ？　彼の部下が魔界中の情報を集めてくれたから、手土産とかも完璧よ」

　そこで、イリスの様子がおかしいことに気づいた。先程からそわそわと視線をバルコニーの方へ向けている。

　さりげなくそちらに目をやれば——ははーん。なるほど。

　バルコニーには二人分のティーセットが用意されていて、わざわざ人間界から取り寄せたのであろう、ドーナツなどのおやつも用意されている。ノックへの反応が遅れたのは、これのせいか。

「……そういや、朝から何も食べてないな。アミア湖から飛んで帰ってきたから」

「！」

「なんか軽く腹に入れておきたいんだが、何かないか？」

「そ、そうね。ちょうどいいことに……ちょうどいいことに！　お茶の用意がしてあるんだけど。一緒させてあげてもいいわよ！」

「そりゃありがたい。ご相伴に与る（あずか）とするか」

　ここでひとつ、物事を教えるのが上手なやつと下手なやつの違いを教えよう。

下手なやつは『What』――『何をするのか』だけを教える。〝五十個以上の薬草をまとめ売りしたあとは、かならず日時と客の特徴をメモしておけ〟、といった具合だ。

なぜメモをするのか教えないから、教わったやつも『ただメモするだけ』になりがちだ。

そうやって無駄な仕事だけが増えていき、業務を圧迫していく。

それに対して、教えるのが上手なやつ。

こちらは『Why』……『何故それをするのか？』をセットで教える。

〝五十個以上の薬草をまとめ買いしてくれるやつは上客だ。日時と客の特徴をメモっておいて、その客がどういうタイミングで来るかを把握しておけ。そうすれば来客に合わせて大量に仕入れることだってできるし、仕入れ値が安くなるから値引きもできる。結果として、常連客を確保できる〟――そんな感じだな。

この二つの違いは明白だろう。どちらの店が繁盛するかも一目瞭然だ。人を育てるというのは、こういうことである。

この事例からも分かる通り、物事を考える時は『なぜそれをするのか』が重要だ。

なら、わざわざイリスが二人分のティーセットを用意して待っていたのは何故か……？

理由はだいたい想像がつく。

何か、腰を据えて話したいことがあるのだ。それも俺とイリスの二人きりで。

席につくと、ハーブティー特有のつんとした香りが俺の鼻腔をくすぐった。

「カモミールティーか」

「うん。嫌い？」

「いや？　そういえばエキドナもカモミールが好きだったな、と思って」

「！」

イリスの顔色が露骨に変わった。あわあわと視線をそらし、室内の戸棚を見、そこにダージリンやアッサム、アールグレイといった無数の茶葉が並んでいるのを見て、さらに目をそらす。

「茶葉は色々あるのに、わざわざカモミールを選ぶなんて。いやあ」

「う、うう……」

「やっぱりお前ら、姉妹だな。好みは似るもんだ」

「……あははは。そう、そうなのよ。私と姉さま、昔からこれが大好きで。あははは」

「はははは」

なお、エキドナがカモミールティー好きになったのは人間界にやってきてからの話だ。

カモミールはそもそも魔界に存在しないから、〝昔から〟好きなのは明らかにおかしい。

……。

まあ、いいだろう。

さきほども言ったように、重要なのは『Why』。『なぜそれをするのか?』だ。

『イリス』の正体を追求するのはいつでも出来るだろう。彼女が俺に対して話をしたがっているのなら、まずは話を聞くべきだろうと思えた。

「で? なにか話があるんだろ。それとも、水質調査の報告から先にしてもいいか?」

「……ん」

すっと、イリスの雰囲気が変わった。

俺を驚かせたのはその変わりようだ。先程まではリリのような無邪気さを覗かせていたというのに、今はメルネスやエキドナのような鋭い目つきを帯びている。

混沌渦巻く魔界で権力者の座を勝ち取るというのは容易いことではない——そういうことなのだろう。アホっぽく見えても、一枚めくれば姉や四天王に匹敵する実力を秘めているようだった。

……もっとも、中身が本当の『イリス』本人なのかは、現状だとわからないが。

「まだるっこしいのは嫌いだから、率直に聞くわ」

「なんだ」

「…………」

イリスはしばらく黙っていたが、やがて意を決したように口を開いた。

「レオ。あんた、次の魔王になるつもり、ない？」

3．宿題

エキドナの私室に備え付けられた、見晴らしの良いバルコニー。

そこでお茶を飲みながら、俺とイリスは状況を整理していた。

「エキドナには、これ以上魔王をやっていく自信がない――か」

「勇者レオが有能すぎるせいで、ね」

一言でまとめてしまえば、そういうことらしい。『自分には、何一つとしてレオに勝っている部分がない』……というのがエキドナの悩みだそうなのだ。

『戦いでは見事に敗北し、組織の運用や環境回復という面でも後れを取っている』

『にもかかわらず、自分が魔王・レオが配下という今の形を維持できているのは、レオが気を遣ってくれているからだ。すべて〝エキドナの指示でやった〟ということにすることで、体裁を維持してくれているからだ』

『事実、レオは魔界の食糧問題を解決してのけた。この調子ならば、じきに環境問題や人材問題も解決してしまうのだろう』

『結局、自分は何もできていない。ただ人間界へ行き、勇者に敗北しただけだ』

『このまま王を名乗っていて、いいものか』

――と。

最近どうも様子がおかしいとは思っていたが、理由を知れば意外な話だった。

魔王エキドナという女はもっとこう……絶対に砕けない鉄の信念と、絶対的な自信で組み立てられた、メンタルの体力バーが百本くらいある女だと思っていたのだが、どうもそうではなかったらしい。俺に対し、そこまでコンプレックスを抱いていたとは。

「ちょっとレオ。あんた、姉さまのことを鋼鉄メンタルの無敵女だと思ってるでしょ」

「いやあ、そんな……すまん、思った。思っていた」

「……まあ、分からなくもないけどね。魔王になってからの姉さまは、誰かの前では絶対に弱みを見せないから」

王が迷いを見せてはならない。王が弱みを見せてはならない。

王の迷いは民に伝搬し、王の弱みは国の弱みとなり、国を滅ぼす――それがエキドナとイリスの父、前魔王キュクレウスの教えらしい。

それなりに筋が通った話でもあるのだが、この教えには一つ、考慮されていないポイントがある。それは、『突き詰めれば、王も一人の人間である』ということだ。

　迷わず、悩まず、なんの欠点もない――そんな究極生物などこの世には存在しない。悩んだ時、心が病みはじめた時は、対等な誰かに話を聞いてもらうべきなのだ。それをせずに『強い王』を演じ続けていれば、メンタルに負担がかかるに決まっている。

「で？　俺に王になれってのは、どういうことだ」

「言葉通りの意味よ。あたしがこう言うのもなんだけど、あんたはあらゆる面において姉さまを上回っているわ。姉さまの自虐ではなく、客観的に見た事実が、そうなの」

「ふん。そういうもんかね？」

「アンタだって分かってるでしょ。魔界を救い、人間界と魔界との和平を実現するという大事業を成し遂げるには、半端(はんぱ)な人材では務まらない。情に流されず、二つの世界の損益を計算して動くことができる、優秀な王が必要なのよ！」

「優秀な王。なるほどな。優秀な王……か」

「わかってくれた？」

「うん」

「だったら……」

「だったら、なおさらエキドナが王をやるべきだな」

「……は……!?」

イリスが硬直したが、俺はそれに構わず言葉を続けた。

「王としての素質でいえば、間違いなく俺よりエキドナのほうが勝っている。やはりここは彼女の相談に乗り、悩みを解決し、魔王を続けて貰うのが一番いい。うん、そうしよう」

「どーして！　ここまでの流れでそうなるのよっ!?」

「おっと」

バン！

勢いよくイリスがテーブルを叩いた。俺は小規模な《重力結界（グラビテーションフィールド）》を発動させ、ティーカップが転倒するのを防ぐ。

イリスはしばらく眉間を押さえていたが、深い溜め息のあと、やや落ち着いた様子で言った。

「……いい？　よく聞きなさいレオ。これはチャンスなのよ」

「チャンス？」

「そう。あんたは人間界を追い出されたし、現魔王はあんたを次期魔王に推薦したがっている。しかもあんたは、魔界でも次々と功績をあげている！」

「この間の食糧問題とかな。ついでに言うと、今この瞬間もヴァルゴとカナンが魔界各地を回って農場を立ち上げているから、現在進行系で功績をあげ続けているということになる」

「なら、いいじゃない！　素直に魔王の座を継いで、あんたの求める平和な世界を作っていく大チャンス到来でしょ？　なのになんで、この期に及んで〝エキドナに自信を取り戻させる〟なんてこと言ってるのよ。無駄でしょ！　魔界にとっても、人間界にとっても、完全にっ！」

一息にまくしたてたイリスが荒い息を吐く。

彼女の呼吸が整うのを待って、俺は静かに言った。

「無駄。無駄か……。無駄だと思うか？　本当に？」

「……無駄でしょ。自信を取り戻したところで、どのみち能力的な問題があるじゃない」

口を尖らせ、イリスが力なく反論した。言っている間に、イリスは徐々に俯いていく。

「冗談抜きに、あんたのほうが優れてるんだもの。わ……姉さまがアンタに勝ってる部分なんて、一つも……」

「ある」

「え」

「さっきも言ったぞ。王として、エキドナのほうが勝っている部分は、ある」

断言すると、イリスがぱっと顔をあげた。

俺が嘘(うそ)や気休めを言っているわけではないとすぐに分かったのだろう、その顔にはほんの少しの期待と、たくさんの疑問が渦巻いていた。

「あのな……。俺がエキドナの完全上位互換だなんて話、あるわけないだろ。俺にも弱点はあるし、エキドナのほうが優れてる部分も山程ある。マジで分からないのか？」

「……わ、わかんないわよ。具体的には……？」

「そうだなあ。具体的には――」

エキドナにあって、俺にないもの。エキドナのほうが王として優れている部分。

そのうちのひとつは、ズバリ言おう。人望だ。

――確かに俺は魔王軍に入り、多くのやつの信頼を勝ち取ってきた。

犬猿の仲だったエキドナやシュティーナに認められ、かたくなだったメルネスですら、今では俺に心をひらいている。元から友好的だったリリやエドヴァルトなどは、もはや家族も同然だ。

だが、これはすべて俺が長年培(つちか)ってきた『技』によって得たものである。

話術をはじめとするテクニック。相手の心のスキマに入り込むタイミング。

普段の挨拶からちょっとした振る舞いまで、俺の行動はすべて戦略的に組み立てられている。そうやって、〝俺は信頼できますよ〟と地道に刷り込んできた……まさしく『技』の勝利だ。

その点でいうと、エキドナは『技』で俺に負けているが、生まれ持ったカリスマ性においては俺をはるかに上回っている。

何も考えなくとも人がついてくる。思ったように行動するだけで、ふしぎと信頼を勝ち取ってしまう。そんな天性のカリスマを持っているのが、エキドナという女なのだ。

エキドナが俺に敗れた後、魔王城になおも多くの兵が残っていたのはその証(あかし)と言えるだろう。魔王軍の兵士たちはみな、エキドナという魔王が好きなのだ。だからこそ敗北後も彼女についてきたのである。これは、紛れもないカリスマだ。

俺のような『技』は鍛錬次第で誰でも会得(えとく)できるが、生まれ持った素質というのは得難(えがた)い。

ワイバーン事件の際、リリがヨハン君に言っていたのと同じことだ。『努力すれば凡人だって強くなれるが、才能のあるやつが真面目に努力したらもっと強くなれる』という話である。

イリスの言う通り、魔界には優秀な王が必要だ。俺が参謀としてエキドナを支えていけば、いずれ彼女は『素質』と『技』の両方を身に付けた、最強の魔王になれることだろう。

だからこそ。将来を見据えて考えるなら、安易に俺が王になるべきではない。

エキドナに自信を取り戻させ、王を続けさせた方が良い……俺はそう考えていた。

（――まあ。そこらへんも、結局はオマケ要素なんだけどな）

イリスに聞こえないよう、心中でこっそりとボヤく。

確かに、人望やカリスマ性といったものは重要だ。

だが、実のところ俺には……それよりもずっと重要な、エキドナに王を続けてほしい理由があるのだった。それに比べれば、これまでの理由はすべて些細なオマケに過ぎない。

俺ではなく、エキドナこそが王をやるべき理由。

それは――――。


「――いや。やっぱやめとこ」

「はあ⁉」

固唾をのんで俺の出方を見守っていたイリスが、今度こそ椅子から立ち上がり、俺につめよった。至近距離まで顔を近づけ、襟首を掴み、わっさわっさと俺を揺さぶる。

「はぐらかす気⁉　まさかアンタ、口から出まかせ言ったんじゃないでしょうね！」

「そんなわけないだろ。答えはちゃんと用意してる。だから、宿題にしよう」

「しゅ……宿題……？」

落ち着かせるようにイリスの両肩をぽんぽんと叩き、身を離す。

「お姉ちゃん大好きなんだろ？　お前、どうもさっきから〝大好きなお姉ちゃんが俺より劣っている〟ってことにしたいようだが、少しはお姉ちゃんの良いところも考えてみろ」

「う……」

「見れるよな？　客観的に。エキドナ本人じゃないんだから」

「うっ、ううっ……」

重要なのは、〝なぜこんなことをするのか？〟――だ。

この『イリス』が、変装したエキドナであることは明らかである。もとから演技の下手なやつだとは思っていたが、まさかここまでとは思わなかった。これではせっかくの変身呪文も台無しだ。

しかし、今やるべきことはイリスの正体を暴くことではない。なぜエキドナが、変装までして俺と話したがっているのか……そこを第一に考えるべきだろう。

……もちろん、ここまでの流れから理由はだいたい予想がつく。

エキドナは、悩みを俺に相談したかったのだ。誰かに弱みを見せられない『魔王』としてではなく、ただの『魔族エキドナ』として、対等な相談相手として俺を頼りたかったのだろう。

お前には素質がある。そう言ってやるのは簡単だが……なるべくなら、この答えにはエキドナ自身の力で辿り着いてほしい。先ほどイリスに宿題を出したのは、そういう意図だった。

「あるだろ？　客観的に見て、エキドナが魔王をやったほうが良い理由。俺よりエキドナが王として勝っている部分――答えは、既に出ているはずだ」

「……ひ、ヒントとかは……？」

「さあな。俺に負けたエキドナに、なぜたくさんの部下がついてきたのか……ってところを考えてみるのがいいんじゃないか？　おい放せ」

「あうっ」

俺の服の裾をつかみ、弱々しく訊ねるイリスを振り払う。

「じゃあ俺はこれで。アミア湖の調査報告書はあとで提出するから、宿題ガンバってな」

「あっ！　ちょっ！」

「あと忙しいとこ悪いが、近日中に俺と一緒に出張してもらうぞ。アミア湖の問題解決のために、ちょいと人捜しが必要でな。事務仕事はシュティーナに引き継いでおけよ！」

そして、逃げるようにエキドナの部屋を立ち去る。

「――まっ、待ちなさい！　待ちなさいよーっ……！」

イリスの声を背中に受けながらドアを閉め、廊下に出る。イリスもそれ以上追っては来ず、しんとした廊下の空気が俺を包み込んだ。

逃げるようにエキドナの私室を去る。

前回、エキドナと喧嘩した時とまったく同じ形だが、あの時よりも状況はずっと良い。

あのエキドナが俺を信用して、こうして悩みを打ち明けてくれたのだから。

……思えば、俺は四天王たちの悩みを解決してきたが、エキドナのことはおろそかにしていた。

あいつは強いやつだ。俺がいなくても大丈夫だろうと思っていた。

だが違う。エキドナは思ったよりも弱く、そして、追い詰められていることが分かった。

ならば、やるべきことは明確だ。俺は後ろを振り向き、廊下の突き当たりにあるエキドナの居室に向かって力強く呟いた。

「安心しろ。俺がついてる、心配するな」

だいぶ軽やかな足取りを自覚しつつ、俺は夕暮れの廊下を歩いていった。

第五・五章　きっと助けに来てくれる

「——何年経ったんだろう」

私は、凍った湖の底でぼんやりと口に出した。

私の名はウンディーネ。アミア湖に封印された水の精霊です。

見た目こそエルフに近い姿を取っているけれど、実際は精神だけの生命体。こうして湖の底にいても溺れ死ぬようなことはありません。この真っ暗な湖の底も、あながち悪い暮らしではないとすら思えました。

……すべてが私のミスだった。

魔王ロノウェは何かを企んでいる。心を許してはいけない。

村のみんながそう忠告してくれていたのに、警戒を怠ってしまった。

結果がこの有様だ。私は巫女から引き離され、定期的に施されていた《調律》を失い、暴走してしまった。気がつけば見知らぬ土地で〝リヴァイアサン〟の姿をとり、猛毒の水を濁流へと変えて、人々の命を奪っていたのだ。

暴走の合間、ほんの少しだけこうして正気に戻ることができるのが幸いだった——かろうじてアミア湖に戻った私を、アクエリアスが迎えてくれた。彼女は私の願いを聞き入れ、この湖の奥深くに封印してくれたのだ。

分厚い氷が私の棺桶（かんおけ）。これならもう、いかな〝リヴァイアサン〟でも暴れることはできない。

思ったよりも絶望感はなかった。

わたしはアクエリアスのことを信じている。彼女は、私の騎士（ナイト）だからだ。

いつかきっと、彼女が助けにきてくれるに違いない。そんな自信があった。

「……う」

正気に戻れるのは僅かな時間だけだ。自分の中の〝リヴァイアサン〟が――荒ぶる精霊としての側面が首をもたげるのを私は感じた。

大丈夫。もう少しの辛抱だ。

きっとアクエリアスが助けに来てくれる。それまでの辛抱だ……。

そう思いながら、私は目を閉じた。

第六章　勇者vs水巫女クロケル

1. 成功を前提としたスケジュールを組むな

　イリスに出会ってから数日後。

　俺はエキド……イリスを連れて、王都からほど近い場所にある街を訪れていた。

「さて。上手いこと、巫女さんが協力してくれりゃあいいんだけどな」

「大丈夫でしょ。副王のあたしがいるんだから」

　ただの街ではない。そこら中の掲示板には最近行われた各種試験の順位が顔写真入りで貼り出され、ランク上位の生徒をスカウトするべく各地からやってきた有力貴族の姿も見受けられる。

　生徒。生徒だ。

　そう、ここは普通の街ではない——学園都市だ。

　鬱蒼とした森林地帯の中に築かれた、魔界のどこの勢力にも属さない独立学園都市。

　ここここそが、魔界の環境問題を研究し、魔界を支える次の世代の若者達を生み出す施設

――『魔界中央アカデミア』であった。

イリスと並んで歩きつつ、俺はアクエリアスとの話を思い出していた。

『――巫女？』

『ああ。少数だが、アミア湖を離れて暮らしている〝水の里〟の生き残りがいて――彼らの中でもひときわ水精霊（ウンディーネ）の加護を強く受けている者がいる。それがウンディーネの巫女だ』

『暴走したウンディーネを元に戻すのに、そいつが必要ってことか』

『そう。私はここから動けないし……巫女の説得は君たちに頼むよ。なんとか協力を取り付けてくれ』

アクエリアスいわく、ウンディーネはもともとヒトの心を持たない存在だったらしい。

ウンディーネは水龍リヴァイアサンとなって破壊の限りを尽くし、アミア湖付近の村に生贄（いけにえ）を要求し、その恐怖によって強い信仰を得ていたそうなのだ。

だが、大昔――ベリアルよりもはるか昔の魔王、『押し潰す氷河の王』クロケルに倒されたことで、ウンディーネを取り巻く状況は一変する。

ヒトの心を持たないから、そういうはた迷惑なことをする。

なら解決法は簡単だ。ヒトの心をウンディーネに教えてやればいい。クロケルはそう考えた。そうして生まれた『心を教える役』こそが、ウンディーネの巫女なのだ。

現代の巫女の名は、クロケル。奇しくも、古代の魔王と同じ名前の少女だった。

「《調律》だっけ？　巫女がウンディーネに触れて、魔力を流し込むのよね」

「そうらしいな。それと同時に記憶や想いも流れ込むそうだ」

「……秘密にしておきたい思い出まで一緒に流れ込んでしまわないのかな。あたしなら、ちょっとイヤだけど……」

「仕方ないだろ？　ほっとけば、ウンディーネはヒトの心を忘れて暴走をはじめちまうんだ。恥ずかしい思い出と引き換えに平和が手に入るなら、安いもんだろ」

「まあね。暴走するよりはよっぽどいいわ」

事実、巫女の力でヒトの心を得たウンディーネは〝リヴァイアサン〟だった頃が嘘だったかのように大人しくなったらしい。アクエリアスの話によれば、だいたい一月に一度くらいの頻度で巫女が《調律》を行っていたそうだ。

魔王ロノウェはそこを突いた。邪魔なアクエリアスをアミア湖から引き離したあと、更に〝水の里〟の人々までもウンディーネの許から追い払ったのだ。

《調律》を失ったウンディーネは暴走し、〝リヴァイアサン〟となって洪水を引き起こした。そうして、ロノウェに敵対していた貴族の領地をまるごと滅ぼしたそうだ。

「ロノウェのことは改めて調べたわ。用心深い奴だったのね……ほとんどの記録が抹消されてたけど、ちょっとしたツテで当時の情報を入手できた。彼、ベリアル教団に入ってたらしいわ」

「ベリアル教団～？」

「〝魔界も人間界も滅んでしまえばいい、死ねばすべてが救われる〟ってやつよ」

「ああ……マジでそういう奴らが居るのか」

偉大なるベリアル様の遺志を我々が継ぐのだ！　とか、そういう連中だろ――。

あの時、アクエリアスに何気なく言ったことを思い出した。そのものズバリだったらしい。

「さっさと潰せよそんな奴ら、って思ってるでしょ」

「思った」

「ダメなのよ。教団は特定のアジトを持たないから。信者は一般市民に溶け込んでいて、捕まえられるのはほんの一部だけ。暗殺者ギルドと同じ〝裏〟の組織ね」

「拷問……も、効果ないだろうなあ。多分」

「うん。何もかも滅んでしまえばいいって奴らだもの。命なんか惜しいわけないわよね」

そんな集団に属していたなら、ロノウェがウンディーネを暴走させたのも頷ける。

ウンディーネもアクエリアスも、とんだやつに目をつけられたもんだ。かわいそうに。

「あ、ここね」

「おっと」

いつの間にか、クロケルと待ち合わせた応接室の前までやってきていた。イリスがドアをノックし、無造作に開ける。中では、エルフの少女がソファに腰掛け、俺たちを待っていた。

「あ……！　副王様と、レオ様ですね。こんにちは」

「こんにちは。ごめんね、突然呼び出しちゃって」

「いえ、そんな。うちなんかにお声がけ下さるなんて、光栄です」

クロケルは、青い髪を後ろでポニーテールにしたエルフだった。なるほど、確かにウンディーネの加護を強く受けているのだろう。感覚を集中すると、濃密な水の魔力がクロケルを取り巻いているのが見えた。

もっとも、この魔力はクロケルの研鑽あってのことだろう。

いくら精霊の加護を強く受けていても、日々の努力を怠れば大した術師にはなれない。加護を活かすための、地道な努力の積み重ね――それこそが、彼女の実力の基礎になっているのだろう。

　俺たちがソファに腰掛けると、クロケルもやや緊張した面持ちで対面に座りなおした。

「要件を言うわ。あなた、〝ウンディーネの巫女〟よね？」

「はい。でも、今のウンディーネは……」

「そう。未だに暴走し続け、アミア湖の奥底で汚染水を垂れ流している。……でも安心して！　あたしたちは今回、そのウンディーネを助けることにしたの！」

「……助ける……？　討伐、ではなく？」

「ウンディーネを《調律》できるのは、巫女の貴方だけって聞いたわ。ね、お願い！　あたし達といっしょに、ウンディーネを助けて！」

「イヤです」

「ありがとうクロケル！　作戦は……へ？」

「イヤです」

　クロケルがあまりにもバッサリと即答したので、イリスもとっさには状況が呑み込めなかったようだった。クロケルを見、俺の方を見、またクロケルの方を見る。

「イヤです。うちは、《調律》なんて絶対にやりません」

2. 役割分担して仕事を進めよ

巫女を、やらない。

ウンディーネを、助けない。

まさかの展開だった。イリスも思わず絶句してしまっている。

「え……いや、それは流石に困るっていうか、なんていうか……」

「待てよ。やらないってのはどういうことだ。説明してくれ」

俺がかわりに言葉を継ぐと、さっさと部屋を立ち去ろうとしていたクロケルが小さな溜め息をつき、もう一度ソファに腰掛けた。

「アクエリアスってやつを知っているか？　今もアミア湖の封印を守り続けてる、ウンディーネの親友だ。お前が〝水の里〟の生き残りなら、話くらいは聞いてるだろ？」

「知っています。そして、バカな人です。あの人がウンディーネを守り続けているせいで、こんな〝巫女〟なんて時代遅れの制度が生き残ってしまったんですから」

「なんでそんなに巫女の仕事を嫌がる。ウンディーネに記憶を送り込むだけだろ？」

「……」

　クロケルがわずかに眉を顰めたが、口をはさむ気はないらしい。若干のすれ違いを感じながらも、俺はひとまず手持ちの情報を明かすことにした。

「そりゃ確かに、秘密にしておきたい記憶とかはあるだろう。嫌な気持ちもあるだろうさ。でも、それでウンディーネが制御できるようになって、綺麗な水が手に入るんだ。悪くはないはずだ」

「違いますよ。巫女は記憶だけではなく、魔力と記憶を一緒に送るんです」

「……魔力？」

「強大な力を持つ精霊と接触を重ねることで、巫女の魔力は少しずつ削られてしまいます。巫女は《調律》のたびに魔力を失っていき、――最後には、完全に魔術を使えなくなってしまうんです」

「な……!?」

「はぁ……。その様子だと、本当に何も知らなかったんですね……」

　イリスと俺が目を丸くしたのを見て、クロケルの態度が少しだけ柔和なものに変わった。

　アクエリアスは巫女の話をしたとき、なんと言っていただろうか？

〝なんとか協力してもらえるよう、説得を頼むよ〟。――そうだ。確かにそう言っていた。説得。学生だったら休みを取る必要があるし、辺境に住んでいたら移動手段を用意してやる必要がある。せいぜいそんな意味かと思っていたが、違った。

魔界でも人間界でも、魔術はもはや当たり前の文化だ。そんな世界で『魔力を失ってしまう』というのは、あまりにも大きいリスクである。本気の本気で、説得が必要だったのだ……！

……言えよバカ！　そういう重要なことは、最初に！

ずっと田舎暮らしだったからか、それとも五百年ソロ活動をしていたせいか、アクエリアスはどうも報・連・相の概念をすっかり忘れているらしい。あとで叱ってやらねばならんだろう。

「失礼な態度を取ったのは謝りますが、巫女をやるつもりはありません。苦労を重ねて、ようやくアカデミア精霊学部の首席にまで上り詰めたんです。努力が無駄になるようなことは、御免です」

「……うう、む……」

イリスが腕組みして唸った。これだけのリスクを無理に背負わせたくはないのだろう。

しかし、暴走したウンディーネを放っておけば魔界の危機である。板挟みだった。

「ウンディーネを倒す、というのはダメなんですか？　どうせ精霊界から代わりのウンディーネが来るんですし、倒すのが一番手っ取り早いと思うんですが……」

「それがダメなのよ。いやね、最初はそっちのルートも考えてたんだけど……」

「次のウンディーネが魔界にやってくるまで、だいたい一年から二年。精霊が不在の間は一時的に水の総量が減ってしまうという結論が出たんだ。下手をすると、農業に回す水が足りなくなる可能性も出てくる……ウンディーネを倒すわけにはいかないんだよ」

つい昨日手に入った、最新の調査結果だった。

暴走していても水の精霊は水の精霊ということなのだろう。今の荒れ果てた魔界からウンディーネが失われると、単純な水不足に発展してしまう可能性が出てくる。もし食糧問題に波及でもすれば、連鎖的に各地で混乱が巻き起こるだろう。これは絶対に避けたい展開だった。

さりとて、このままだと魔界の水の汚染は進む一方である。もうここは、なんとかして巫女の力を借りるしかないのだ。

状況は芳(かんば)しくない。クロケルは難しい顔でこちらを睨(にら)んでいるし、イリスは考え込んでいる。

……しかたがない。ここは、悪者を買って出るか。

(――おい、イリス)

俺はイリスの手を握り、彼女にしか聞こえないよう呪文で呼びかけた。

(――なに?)

(いいか。俺がなんとかできるのは、『理屈』の方だけだ)

(は?)

(ウンディーネといっしょだよ。ウンディーネが巫女と二人三脚してきたように、ここは役割分担が必要だ。『心』のケアに関しては、お前に任せる)

(なっ……なに、何の話? 意味がわからないんだけど⁉)

(見てればわかるよ)

説明もなしにいきなり『任せる』と言われ、イリスは大いに狼狽えているようだった。対する俺の方は特に心配していないし、説明するつもりもなかった。こいつなら、俺が何も言わなくても取るべき行動を取ってくれると分かっているからだ。

――誰かに言われて行動するのと、自ら気づいて行動するのとでは、大きな開きがある。前者は結局、子供のおつかいと同じだ。能力さえ満たしていれば誰にでもできる。代わりはいくらでも用意できる。

ゆえに、後者が出来るヤツは貴重だ。なぜその行動が必要なのかを自分で考え、状況判断する――おつかいとは大きな開きがある。

自ら行動する力。『才能』とは、それを俗っぽく言い換えているだけに過ぎない。

イリス、いや、エキドナには才能がある。必ずや最良の行動を取ってくれるだろう。

俺はそう考え、ぎろりとクロケルを睨みつけた。

「おい。クロケル」

「は、はい……？」

俺が一気に冷たい口調になったのを感じ取り、クロケルがびくりと身体を震わせた。

「勝手なことを言うな。お前にしか出来ない仕事があるなら、ちゃんとこなせ。——魔界の平和のために、お前が犠牲になれ」

３．王の器

「——魔界の平和のために、お前が犠牲になれ」

「ちょっ……レオ⁉」

……びっくりした。

いや、びっくりしない方がおかしい。レオのやつ、急にあたしに変なことを言ってきたと思ったら、今度はこんなことを言いだしたのだから。

レオはなんだかんだで優しいやつだ。

しかし……とある『例外』に直面した時だけ、こいつは一切の優しさを放棄する。

「わかってるのかクロケル？　これは魔界の危機なんだぞ」

その例外とは、『世界の危機』。世界の守護者として長年生きてきたレオにとって、『世界を救う、世界を守る』のは全てにおいて優先されることなのだ。

世界を守るためなら、レオは優しさをあっさりと捨てる——こんなふうに。

「俺は人間界の勇者だ。いろいろあって、今は魔王エキドナの配下として行動しているが——実に三千年ものあいだ人間界を守ってきた。そういう目的のために生まれ、それが出来る力があったからだ。力を持つ者には、それを正しく行使する義務がある」

「……うちに、その義務があると……？」

「あるな。お前もアカデミア所属なら分かるだろ？　魔界の水は年々汚染が進んでいる」

レオが机の上にいくつかの資料を放った。

それはつい先日、アカデミアの研究班からあがってきた最新の調査報告。アミア湖を中心として、徐々に水の汚染が広がりつつある証拠だった。

「こうなったのはすべて、湖で暴走してるウンディーネ本体のせいだ。これまでは『戦力が足りない』だとか、『ロノウェの呪いのせいで魔王に協力を打診できない』とか、そういう事情があったが、今は違う。こうして俺たちが事態の解決に向けて動いている」

「それは、……そうですけど……」

「わかっただろ。お前はお前の仕事をやらなきゃいけないんだ。それとも、アレか？　お前のワガママで魔界が破滅してもいいってのか？　あん？」

「そっ！　そんなことはありません！」

クロケルも、さすがにこれには反論した。

それはそうだ。魔界中央アカデミアというのは、魔界の将来を支える学術機関である。よりよい魔界を作るべく、種族や階級、出身などを全て忘れ、みなが一丸となって協力している巨大学術都市なのだ。

そんなアカデミアに入り、厳しい競争に耐え、首席まで上り詰めたクロケルが、魔界の将来を想って（おも）いないはずがないのだ。

「んじゃ、やれよ。最初から答えは決まりきってるだろ」

「……うう……」

「魔界のための、尊い犠牲だ。諦めるんだな」

クロケルが涙ぐむのも構わず、レオはぐいぐいと追い込んでいく。

（――違う）

思わず、あたしの中に声が生まれていた。

（――これは違うわレオ。確かに理屈は正しいかもしれないけど――それじゃあ、民はついてこない。理屈で押さえつけるだけじゃあ、結局、力で支配してた過去の魔王と、同じなのよ！）

「これは魔界のためだ。もし、お前がどうしてもイヤだというなら――」

レオが更に追い打ちをかけようとした時、あたしの我慢が限界に達した。

「違う！」

思わず、あたしは叫びながら立ち上がっていた。

レオもクロケルも驚いたようだった。じっとあたしの方に視線を注いでいる。

「そうじゃないわ、レオ。いまクロケルに言うべきことは――そういうのじゃないでしょ」

「……ほー。じゃ、どういう言葉をかけるべきなんだ？」

面白い、と言った顔でレオがあたしを見た。

……試されている、と感じた。『俺のやりかたが間違ってるというのなら、正しいやり方を見せてみろ』と言われているのだ。

ここまで来たら後には退けない。あたしは、あたしが思ったことをクロケルにぶつけることにした。

つかつかつかとテーブルの逆サイドまで歩いていき、

「クロケル！」

「は、はい」

「大丈夫！」

「……はい？」

あたしは、クロケルを力強く抱きしめた。

「あっ、あのあの……⁉」

「約束するわ。《調律》で失ったぶんの魔力は、あたしが補ってあげる――あたしの魔力を譲渡してあげるわ！」

「は⁉」

「……おいおい⁉」

今度こそ、クロケルとレオが本気で狼狽した。

クロケルの方は『そんなことができるのか』という驚きで。そして、レオの方は……。

「いやいや待て待て！　それはダメだろ！　自分の立場わかってんのかお前⁉」

「わかってるけど？　あたしは魔王よ。幸せも辛さも民と分かち合わなきゃ」

「このバカ！　軽く言うけどな。譲渡した魔力ってのは永久に戻ってこねーんだぞ！」

「……え……？」

クロケルが驚いた顔でこちらを見た。

そうなのだ。他人へ魔力を渡すというのは、大別して二種類ある。

一つは『魔力供給』。自分を燃料タンクとして、他人に魔力を〝貸す〟方法。魔力貸与、あるいは魔力共有とも呼ばれる手法だ。

その名の通り、あくまで自分の魔力を一時的に貸し与えるだけ。「すごい呪文を唱えたいんだけど、一人じゃどうしても力が足りないから、手伝って！」とか、そういう時に使うものだ。これを利用した、〝二人がけ〟、〝三人がけ〟の巨大術式なんかも存在するし、時間が経てば消費したぶんの魔力は自然に回復していく。

それに対して、もう一つの手法が『魔力譲渡』。

これはレオが言った通り――自分の魔力を完全に切り離して、他人に与える手法だ。切り離してしまう以上、当然ながらいくら待っても魔力は返ってこない。

「《調律》すると、巫女から魔力が失われる。クロケル、あんたそう言ったわよね」

「え？　は、はい。言いましたけど」

「たぶん精霊のパワーが大きすぎるのね。ウンディーネ側でも制御できないくらい無意識のうちに、魔力を強引に吸い取られてるんだわ。だったら、そのぶんをあたしが補充してあげればいい話だと思わない？」

「おいイリス……お前な……」

「これが、あたしの考える王のあり方よ。誰かに犠牲を強いるのなら――自分も同じ痛みを受ける。それが誰かの上に立つってこと……魔王になるってことよ！」

「あ、あのー……失礼ながら」

クロケルがおずおずと手を挙げた。

「先ほどから魔王魔王っておっしゃってますけど、イリス様は魔王ではなくて、副王様でしたよね？　合ってますよね……？」

「あっ」

ごほん。

咳払いを一つして、あたしは場の空気を仕切り直す。

「とにかくいいの！　大事なのは、あんたの魔力は絶対に消させないってこと。それと」

「は、い」

「それと……」

「……イリス様？」

そこであたしはいったん言葉を切った。

あたしは今、とても無責任なことを言おうとしている。

魔王としても、副王としても、こんなことを言うべきではない。頭では分かっているのだ。

それでも――理屈ではない。

レオは『俺は理屈、お前は心』と言った。だとしたら、これは多分、心の問題なのだ。あたしの心が。感情が。これを言うべきだと言っている。あたしは感情に身を委ねた。

「クロケル。ほんとに嫌なら、巫女なんて辞めていいのよ」

「……はい……!?」

「やらなくていいの。ウンディーネの制御責任を、巫女一人に丸投げする……そんなシステムに頼ってきた魔界がいけないんだから。そんな世界、滅んでも仕方ないわ。あなたにはあなたの人生があるし、嫌なことを無理やりやらせる権利なんてのは、誰にもない」

嫌ならやらなくていい。レオが先ほど言った、『嫌でもやれ』という内容とは真逆だ。

さすがに、この一言は予想できなかったのだろう。クロケルは何を言うべきかわからないというように、おどおどと視線を泳がせた。

……もし、レオだったなら。

こうして相手を油断させたところで、本命の一言を差し込むのだろう。

　でも、あたしは残念ながらレオほど賢くない。自分の気持ちをぶつけるしかできなかった。


「……そのうえで、ね。お願いがあるの」

「お願い……？　イリス様が？」

「うん。副王としてではなく、一人の〝イリス〟としてね」

　あたしは、クロケルの両肩に置いていた手を離した。

　そして、

「ちょちょちょちょっ！　イリス様⁉」

　クロケルが、もう何度目になるか分からない驚愕の声をあげた。

　あたしが深々と頭を下げたからだ。

「お願いクロケル。魔力譲渡でも、金銀財宝でも、穴埋めはなんでもするわ。だから……お願い。巫女の仕事を果たして、魔界の水を救って！」

「い、イリス様！　イリス様そんな……！」

「あたしは魔界が好きなの！　人間界みたいな眩しい太陽もなく、魔素で環境は汚染されて、未だに争いが絶えない土地だけど……それでも、あたしを産んでくれたこの世界が大好きなの」

「……イリス様……」

隣のレオは何も言わなかった。ただ腕組みして、事の顚末（てんまつ）を見守ってくれている。

あたしを信用してくれているのかもしれない、と思った。ありがたいことだ。

「言い方は悪かったけど、状況はレオの言った通りよ。このまま水が汚染され続ければ、いずれは魔界が滅んでしまう――あたしは、この魔界を救いたいの。だから、お願い」

もう一度深々と頭を下げる。

今度ばかりは、クロケルも何も言わなかった。

「あたしたちと一緒に、ウンディーネを救ってください。お願いします」

「……」

ちょっとした沈黙があった。

レオも、クロケルも、何も言わなかった。

「イリス様」

沈黙を破ったのはクロケルだった。

彼女はそっとあたしの手を握り、……そして、照れくさそうに笑った。

「卑怯（ひきょう）ですよイリス様。そんなこと言われて、断れるわけないじゃないですか」

「……。じゃあ……！」

「はい。この〝水巫女〟クロケル、未熟者ではありますがウンディーネを鎮める戦いに同行させていただきます。――ただし！」

「うっ」

た、ただしって言った、この子！

なにか酷い条件がついてくるのかな……。さっき勢い余って『穴埋めはなんでもする』って言っちゃったし。まさか一生クロケルの下僕になれとかそういう……。

「イリス様の魔力は頂きません」

「は？」

「このクロケル、イリス様の考えに感銘を受けました。心から民を愛し、魔界を救おうとする、その心に。私の人生で好きなことをやれというのなら――私の命も魔力も、イリス様に捧げます」

そう言って、クロケルがぎゅっとあたしの手を握った。

ああ……。どうしよう。こんなの、絶対に探さなきゃいけないわよね。

失ったクロケルの魔力を回復させる方法を、なんとかして。あとでレオに相談しなきゃ。

「……ありがとう。ありがとう、クロケル」

それはそれとして。

今のあたしはただ、クロケルの手を握って礼を言うのが精一杯だった。

「──で、ですね。それはそれとして、なんですけど」

「ん？」

クロケルがもじもじと切り出した。

「最初から気づいてはいたんです。ただ、〝いやそれ、単にお前が巫女をやりたくないだけだろ〟って言われそうで、ずっと言い出せなくて……最初に言えばよかったですね。すみません」

「え、なに？　何かあった？」

「ええとですね。魔王様がたが立てた作戦にケチをつけるわけでは、ないんですが……」

心底言いづらそうにソファの上でもぞもぞと身体（からだ）を捩（よじ）り、クロケルがか細い声で言った。

「この作戦……ひょっとして、うち、要らなくないですか？」

「「……は？」」

クロケルからの思わぬ言葉を受け、あたしとレオが同時に硬直した。

4. 上に立つ者、その資質

――ウンディーネとの戦いは一週間後、ということになった。

なんだかんだで準備があるから、クロケルはちょっとの間だけアカデミアを休学することになる。今は学園長室で休学手続きの真っ最中だ。

あたしとレオの二人で応接室をあとにすると、レオが大きく伸びをした。

「あー、上手くいってよかったよかった。さ、メシでも食って帰ろうぜ」

「……まさかって感じよね。まさか、クロケルが最初から要らなかっただなんて」

「完全に要らないって決まったわけでもないだろ。作戦はクロケルとアクエリアスの二段構えだ。クロケルに幻滅されないよう気をつけろよ？　せっかくいいトコ見せたんだから」

さきほどクロケルに見せた冷たさは、まったく残っていない。あたしは思わず呆れた。

「レオ。さっきのあれ、どっちなの？　演技？　本気？」

「なにが」

「すっとぼけてもムダよ！　いつものアンタなら、クロケルにああもキツく当たらないでしょ」

「いやあ、そうでもないぜ？　あれは半分演技、半分本気ってとこさ」

数歩先を歩いていたレオがこちらを振り向く。

その顔はいつもよりもずっと真面目で、そして、思いつめたような顔だった。

「俺は世界の守護者だ。三千年生きてもそこんところは変わらない。極端な話、世界を守るためならどんな犠牲も許されると思っている。トロッコの話を聞いたことはないか？」

「トロッコ？」

「トロッコのレールが延びている。レールの先には分岐点があり、片方は一人、もう片方には五人がいる。猛スピードで走るトロッコは停まれないから、確実にどちらか片方を犠牲にする必要がある——さて、どっちを助けますか？　って問題さ」

「あー。トロッコじゃないけど、似たような話は魔界にもあるわね」

「お前ならどっちを助ける？　言っとくが、『両方』って選択肢はナシな」

「そりゃあ……一人の方じゃないかしら。犠牲は少ないほうがいいし」

「じゃ、その〝一人〟がエキドナやシュティーナだったらどうする」

「え」

急に話が変わって困惑したが、レオの顔を見ると冗談を言っているわけではないらしい。

「俺は殺せる。世界を救うためなら、大事な人だろうが、自分自身だろうが、なんだって犠牲にできる。それが力を持つ者の義務だと信じているからだ」

「自分自身……ね」

「ああ」

嘘ではない。こいつは実際、世界を救うために自死まで選ぼうとした。

それがあの雪山での戦い――魔王軍幹部と勇者レオとの、最後の戦いだ。

軽薄なお兄さんを装っていても、結局のところこいつは『ＤＨシリーズ』。世界を守るために生まれてきた、いにしえの生体兵器。

世界を救う手段があるのにそれをみすみす逃すなんてことは、絶対に許せないのだろう。

「でも、お前は違うよな。お前は――世界を救いたいと思っていながらも、大事な人の命も助けようとする。いや、大事な人に限らない。〝できるかぎり犠牲を抑えながら、世界も救いたい〟――そんな、ひどく欲張りなやつだ」

「悪かったわね、欲張りで！」

「褒めてるんだよ。俺にはないモノだからな、それは」

そう言って、レオが心底満足そうに笑った。

「宿題。覚えてるよな？　なぜ俺ではなく、エキドナが魔王をやったほうがいいのか――。

さっきのクロケルとのやりとりで、お前は答えを摑んだはずだ」

「……答え……」

「ちょうどいいや、帰り道で宿題の答え合わせをしようぜ。じゃ、俺はメシ食ってくる」

「……。あっ、ちょっ！　待ちなさい！」

食堂に向かうレオを追いかけながら、あたしは心の中で自問自答していた。

確かにそうだ。クロケルとの一件で、ようやく分かった気がする。

レオではなく、エキドナの方が魔王に向いている、その理由。

その、理由とは……。

第七章　勇者vs魔王エキドナ

1．勇者vs副王イリス

「――じゃ、クロケルを寮舎まで送ってくるから。レオ、あんたはここで待ってなさい」

「ああ、わかった」

「変なとこフラフラしちゃダメよ！　すぐに戻ってくるから、大人しくしていること。いい？」

「お前はお母さんか！　いいからさっさと行け！」

イリスとクロケルを追い払い、俺はアカデミア正門近くのベンチに腰掛けた。

クロケルとの話し合いが無事終わったあと。イリスは、クロケルを寮舎まで送っていくと言い出した。おそらくクロケルの誤解を解くためだろう。

もはや言うまでもないことだが、あの副王イリスは偽物(にせもの)だ。

正体は魔王エキドナ。エキドナが呪文で化けているのである。

クロケルがああまでイリスへの忠誠を示してくれたのだ。これでは何かの機会に『本物のイリス』とクロケルが出会った時、話がややこしくなってしまうのは間違いない。

そういった誤解を解くため、イリスは道中でこっそり自分の正体を明かすつもりなのだろう。だからこそ、お邪魔になる俺はあえてここに残ったわけだ。……まだあいつ、俺には変装(ディスガイズ)がバレてないと思ってるみたいだしな……。

とにかく、巫女(みこ)は手配できた。〝クロケルは不要なのではないか〟という問題も解決した。

あとは『イリス』が戻ってくるまで、ぼんやりと時間を潰すだけ。

……だったのだが。

「失礼」

「ん……」

横合いから声がかかる。

そこに立っていたのは、初対面の――それでいて、よく知った姿の少女だった。

手入れの行き届いた、さらさらとしたロングの銀髪。腰から下げた暗銀色の刺突剣(レイピア)。

研究チームの制服を兼ねているのだろうか。黒いドレスの上から羽織った白衣がひどくミスマッチだったが、白黒のコントラストはどこか美しさが感じられた。

「あなたが人間界の勇者、レオ・デモンハートですね。姉さまから話は聞いています。少

しだけお時間を頂きたいのですが、よろしいですか？」

「ああ、構わないぜ。――――副王イリス様」

「ふむ」

少女が――つまり、本物の副王イリスが、小さく唸った。

その唸りに不快さは感じられず、どこか事態を面白がっているような色が含まれていた。

「不思議なものですね。こうして貴方と出会うのは今日がはじめてなのに、貴方の振る舞いは、まるで顔馴染みの友人のようです」

「そりゃな。ここんとこ毎日〝イリス様〟と一緒に仕事してるんだ、慣れもするよ」

「正体を見抜くのは簡単だったでしょう。エキドナ姉さまの演技力は、褒められたものではありませんから……失礼」

俺の横に腰をおろし、イリスが軽く黒髪をかきあげた。

人間年齢に換算すれば十四、五歳ほど。落ち着いた仕草に、気品のある物腰。

まさに深窓の令嬢という感じだが――エキドナに似た捻れた角と尻尾は、間違いなく彼女が魔界の貴族階級、上級魔族であることを示している。

副王イリス。

エキドナと並んで魔界を支配するもう一人の王。それが、彼女なのだ。

「といっても、話すことはあまり無いのですよね。エキドナ姉さまが人間界から帰ってきた今、私のほうは大地や風の汚染を取り除く研究と……ベリアル教団対策で頭がいっぱいですし」

「水の汚染は俺とエキドナでなんとかするしな」

「そういうことです。貴方の動向は密偵を通してしばらく見守っていましたが、真面目に魔界の未来を考えてくれているようで、ほっとしました」

　さらりと怖いことを言ってくれる。

　人間界に来ていない彼女からすると、やはり『人間界の勇者』というのは得体の知れない、信用の出来ない存在だったようだ。密偵を放ち、こちらの動きを監視していてもおかしくはない。

「信用して貰(もら)えたかい？」

「それはもちろん。そうでなければ、姉さまの〝レオとケンカしちゃったけど実は図星だったので変装(ディスガイズ)して悩みを相談しにいこうドキドキ大作戦〟を応援したりはしません」

「……その作戦名、エキドナ発案か？」

「私ですが？」

　なにか？　といった具合に首を傾(かし)げる。

髪の色と同じ、じっと見ていると吸い込まれそうな、漆黒の瞳。

ああ……そういや、DH（デモン・ハート）シリーズにもこういう奴（やつ）がいたな。他人に惑わされずに自分のスタンスを貫く、メルネスやリリとはまた違う『天然』というやつだ。

「姉の応援、か。アンタはこの期間中、ずっとエキドナのフリをしてたんだな」

「そうです。姉さまがイリスのフリをして王都にとどまるなら、私はその逆。つい昨日まで、姉さまのフリをして各地を巡り、領主たちに挨拶してきました。人間界土産を持って、さもつい最近まで人間界に行っていました、という雰囲気で」

「そりゃすごい。バレないものか？」

「バレなかったですね。こう見えても私、演技は上手（うま）いですし。まあ、バレたところで大した問題ではないのですが」

すっ、とイリスが眉間に人差し指を持っていった。そして小さく呪文をつぶやき、《変装（ディスガイズ）》、《転身（メタモルフォーゼ）》、《変声（ボイスチェンジ）》といった変装（ディスガイズ）用呪文を一気に発動させる。

連鎖呪（チェインスペル）と呼ばれる技術だ。複数の呪文をワンセットにして自分の脳内に『登録』しておき、特定の動作でそれを喚（よ）び出す。科学文明で例えれば、計算処理をマクロ登録しておくようなものだ。

もちろん、言うほど簡単な技能ではない。ただこれだけでも、イリスがベテランの魔術師であることは容易に察することができた。

一瞬でイリスが光に包まれる。

光が晴れた中に立っていたのは——俺がよく知る『魔王エキドナ』の姿だ。

「ふふふふ。最初はこの姿で現れて、貴様をからかってやろうと思っていたのだがな？」

見た目も、傲慢な喋り方も、驚くほどエキドナそっくりだ。演技が上手いというのも嘘ではないらしい。

「面白いじゃないか。やってくれてよかったのに」

「ふん、あまり遊んでいると〝イリス〟が戻ってきてしまうからな。あちらとしては、まだ変装がバレていないつもりなのだろう？　このタイミングで我と出会ってしまうのは少々まずい」

「素晴らしい。その変装テク、ほんの少しでも姉に分けてやってほしいぜ」

変装する時に重要なのは、見てくれよりも口調だ。とりわけ一人称と三人称の不備から変装がバレるケースというのは非常に多い。

エキドナに扮するなら、一人称は『我』。妹のイリスを呼ぶ時は、呼び捨て。

ここを間違えて『私』と名乗ってしまったり、イリスに化けたエキドナのことを『姉さま』と呼んでしまったりすると最悪だ。どんなに見た目が完璧でも、バレるリスクはグンと高まる。

変装(ディスガイズ)の基礎にして、いざやってみると一番混乱してしまうポイント。そこをそつなく押さえているイリスは、姉とは比べ物にならない変装(ディスガイズ)技能を持っているようだった。光が〝エキドナ〟を包み込み、再びイリスの姿が現れる。

「ともあれ、私はあなたを信用しています。姉さまは多少抜けているところもありますが、人を見る目は確かです。その姉さまが――シュティーナちゃんにすら弱音を吐かなかった姉さまが、『レオに相談したい』と言ったなら、姉さまが信じるあなたを信用する。妹として当然のことです」

「なるほど。イリスはお姉ちゃん大好きっ娘とは聞いてたが、こういう方向性だったか」

「否定はしません。では、姉さまをよろしく頼みます」

「……おお、おいおいおい！　そんだけかよ⁉」

話は終わった、とばかりに立ち上がり、さっさとその場を去ろうとするイリス。

慌ててその背中に声をかけると、イリスが不思議そうにこちらを向いた。

「なんでしょう」

「いや、他に何かないのか？」

「何かとは？」

「だからさ……そこまで事情を把握してるなら、もう分かってるだろ。今のエキドナが自信を喪失してる、ってことくらい」

「そうですね。姉さまは、〝魔王を続ける自信がない。レオを次期魔王に推薦し、自分は身を引くかもしれない……〟と言っていました。あなたが有能なのはここまでの活躍でよく分かりますし、納得といえば納得です」

さらりと言う。副王たる自分のパートナーがエキドナから俺に変わるかもしれないというのに、そこには一切の焦(あせ)りも、戸惑いも感じられなかった。

「……心配じゃないのか？」

「姉さまは、強いお方ですので」

イリスは先程まで座っていたベンチをちらりと見たが、座らなかった。

「生半可な強さでは魔王にはなれません。戦いにおける強さ、精神的な強さ、運の良さ、めぐり合わせの良さ……あらゆる力を兼ね備えたものだけが、次期魔王を決める戦いを勝ち抜くことができた。私も、シュティーナちゃんも、数多(あまた)のライバルも——全員が全力で戦った結果、姉さまが勝ち残り、王になったのです」

どこか懐(なつ)かしむように遠くを見ながら、イリスは淡々と続けた。

「盲信というわけでもありませんが、姉さまはそれほどに強いお方なのです。となれば、今回の悩みにもきっと打ち勝つことでしょう。——なにより」

イリスは、その黒い瞳で真っ直ぐに俺を見据え、

「ここは私の出る幕ではありません。今回の戦いで姉さまを支えるのは、貴方ですから」

「俺？」

「そうでしょう。貴方に相談したいと、外ならぬ姉さま自身が言っているんですから。なら私は出しゃばらず、少し離れたところから貴方達を見守るだけです」

「そうか。……ふ、ふふふふ」

「なんですか？」

「いや……」

急に笑いだした俺を、イリスが奇妙な目で見ている。

似ているな、と思ったのだ。

兄弟を心から信用し、大切に思い、自分に出来る範囲の手助けを淡々と行う——それは三千年前の俺と、よくダブる。

昔の自分によく似た相手と出会う。それ自体が稀なことだが、こうして客観的に外から見る機会というのは、なおさら稀だ。言葉には表しにくい、奇妙な面白さがあった。

「なんでもないよ。安請け合いはしないように気をつけてるんだが……安心しろ。エキド

ナのことは、俺に任せておいてくれ」

「任せました。私は常にアカデミアにいますから、何かあれば西の研究棟まで」

ドレスの両裾を摘んでぺこりと頭を下げ、イリスが去っていき――。

「……あ、そうだ」

戻ってくる。

「なんだよ？」

「せっかくですから、姉さまに一つ伝言をお願いします」

「ああ、そんなことか。いいぜ。なんて伝える？」

「そうですね。大した内容ではないのですが……」

「…………」

「……と、いうことで」

イリスの伝言は、なかなかに面白いものだった。

流石（さすが）に魔界の副王だ。エキドナとも四天王とも違うタイプだが、これくらいの図太い性格でないと、魔界の支配者というのは務まらないのかもしれない。

「ははっ。いいよ、わかった。伝えておく」

「お願いします。それでは、ごきげんよう」

再びぺこりとお辞儀をし、今度こそイリスは去っていく。

騒がしい方の『イリス』が戻ってきたのは、その背中が見えなくなってすぐのことだった。

2. 変装（ディスガイズ）、バレる

「……どおーして！　わざわざ！　歩いて帰るのよ～～～っ！」

アカデミアからの帰り道。

俺とイリスは呪文によるショートカットではなく、あえて徒歩で王都へ向かっていた。

「気にするな。たまには観光気分でゆっくり歩きたい気分なんだよ」

「森ばっかで見どころなんてないわよ？　《転送門（ワープポータル）》でパーッと帰っちゃえば楽なのに……」

「バカ。それじゃあ『宿題』の答え合わせする時間がないだろ」

イリスは先程からぶちぶち文句をたれている。

俺たちはいちおう街道に沿って歩いているのだが、街道といっても人間界のそれとは違い、平野に刻まれた轍（わだち）のようなもんである。しかも、王都とアカデミアはそれほど離れて

いないとはいえ、歩けば軽く半日ほどかかる。イリスの不満ももっともであった。

さく、さく、と、俺とイリスの足音だけが周囲に満ちる。

魔界は人間界より人口が少ないせいか、街道を通る人影はまったくない。

「まあいいじゃないか。クロケルも協力してくれるって言うし、ウンディーネ召喚儀式の目処（めど）も立った。王都のシュティーナには連絡を入れてあるから、早ければ数日後には儀式を執り行えるさ」

「だったら、余計にシュティーナの手伝いを……」

「そう。手伝わないといけないよな？」

「……あ」

イリスがはっと口に手を当てた。

「分かったか。俺らが二人きりで話せる時間は、残り少ないんだよ」

――今回の儀式は、魔界の水を浄化できるかどうかという一大プロジェクトである。

責任者が必要だ。〝表向きは〟外交に出ていることになっているエキドナも、明日には戻ってきて儀式を手伝う……そういう手はずになっている。

王が戻ってくるのだから、『イリス』が代理をつとめる必要もなくなる。

つまり、俺と彼女が決着をつけるのは、『エキドナ』が戻ってくる前の、今しかないというわけだ。

「……」

「どうしたんだよ、急に黙っちゃって。さっきまで文句たらたらだったのに」

「……」

「おいってば」

だというのに、イリスは黙り込んでいる。こちらから水を向けてやらないと、おそらく、王都につくまで黙りっぱなしだろう。

——仕方がない。

薄ぼんやりと明るい魔界の夜道を歩きながら、俺はずっと言いたかったことを口にした。

「なあ、イリス」

「なに？」

「お前と最初に会った時から、言うべきかどうか、ずううううっと迷ってたんだが……」

並んで歩くイリスの方を見ないまま、すぱっと言い切る。

「エキドナだろ。お前」

「んぶふっ」

イリスが潰れたカエルのような変な声を出した。

ちらと隣に目をやると、目を白黒させて顔をそらし、口をぱくぱくさせ、必死に言い訳を紡ぎ出そうとしている自称・副王の姿があった。

「な、なな……何を根拠にそんな……」

「本気で言ってんのか！　前々から思ってたけど、お前、演技力がなさすぎるんだよ！」

「う、ううっ……！」

「どうする？　お前がエキドナだって理由を一つ一つ列挙しても、俺は構わないぞ」

　実際、根拠なら山のように挙げられる。イリスの方もこれ以上誤魔化しきれないことを悟っているのか、諦めにも似た表情を浮かべていた。

「わざわざ人気のないルートを選んでやったんだ。この付近には集落もない。大声でケンカしようが、俺とお前で思いっきり戦おうが、大した迷惑はかからんだろう。話したいことがあるなら、話してみろよ」

「むううう……！」

　イリスが唸った。

　……まあ、魔王と勇者が本気で戦ったら周辺環境への被害は計り知れないものになるのだが、仕方があるまい。殴り合ってこいつの気が晴れるなら、俺は喜んで付き合うつもりだった。

ている。
にしてください』とでも言うように巨大な樹木の根っこが絡み合い、ベンチのようになっ
そこはちょうど、王都とアカデミアの中間にある森林地帯の入り口だった。『休憩場所
幸い、そうはならなかった。大きな溜め息とともにイリスが立ち止まったのだ。
「……。はぁー」

そんな天然のベンチに、イリスがひょいっと腰掛けた。

そして、俺にも聞こえる程度の声で、小さくつぶやく。

「解除。《変装》、《転身》、《正体隠蔽》」

——ぱしゅん。

イリスを中心に、小さな光が無数に弾けた。夜空にまたたく星か、さもなくば線香花火
を思わせる、綺麗な光。

光の中で、イリスの姿も少しずつ変わって——いや、戻っていき——。

「……ふうっ」

数秒後。

そこには俺のよく知る、魔王エキドナの姿があった。

3. 全ての答え合わせ

しばらくの間、俺とエキドナは沈黙していた。なんとなく、ここはエキドナの言葉を待つべきだろうと思ったのだ。

少し、と言うにはかなり長い間があった。

長い長い沈黙の後、ようやくエキドナが、

「……何から話そう」

「おい。イリスの時はあれだけ饒舌だったのに、もとに戻った途端にそれか」

「イリスの姿だったから饒舌だったのよ。ふつーに喋れるなら、最初から変装なんかしないわ」

ごもっともである。

「その口調はいいのか？　もう〝イリス〟じゃないのに」

「いいのよ。これ、あたしの素だし。今のあたしは魔王じゃなくて、ただのエキドナ。そういうことにしておいて」

「じゃ、俺に弱音を吐いたり、相談してもいいってわけだ」

「そうそ……いや違う！　なに〝相談されて当然〟みたいな態度取ってるのよ！　別に、あんたに相談したいことなんて何も……」

「何も？」

「……何も……」

最後の言葉は弱々しかった。肩を落とし、俯いてしまう。

うーむ、これは想像以上に重症だ。イリスの姿をとっていたのは、俺と気兼ねなく話せるというだけではなく、一時的な逃避という意味もあったのかもしれない。

魔王という、重い地位から。そして、自分が魔王に相応しいのかという不安から。

自信喪失というのは、それほどまでに彼女の中で大きい問題だったのだろう。

「じゃ、そうだな。俺の方からいくつか話したいことがあるんだが――そっち先でもいいか？」

「どーぞ。好きにしなさい」

「まず一つ。本物のイリスからの伝言を預かってる」

「ふーん。……って、うえええええ⁉」

エキドナが勢いよく立ち上がった。目を丸くし、ぱくぱくと声にならない声を出している。

きた」

「いつ？　という話なら、アカデミアを出るちょっと前だな。お前がクロケルを寮舎へ送っていった時、俺の方にちょっと待ち時間があっただろ。あん時にイリスから話しかけてきた」

「へ、変装がバレるからレオには接触しないように、って言っておいたのに……」

「いや、お前の変装は最初からバレてたよ……」

　こいつ、本気でバレてないと思ってたのか……スゴいな……。

「で、何？　イリスはなんて言ってたの？」

「一言だけだ。〝姉さまが魔王を辞めるなら、私も辞めます〟だってさ」

「え……ええー……」

「あ、あと、〝せっかくだから人間界でパン屋でもやりませんか〟だそうだ」

「ああー言いそう。あの子、人間界の食べ物の中でも焼き立てのパンが一番好きだから」

　そういえば、魔王城の地下食堂には専用のパン焼き窯があった。

　焼き立てのパンは兵士たちにも好評だったから、特段気にしてもいなかったが……なるほど、あれは魔界で留守番している妹に焼きたてのパンを届けてやろう、という、エキドナの姉らしい気遣いだったのかもしれない。

「で、どうするんだ？　『元魔王、今はパン屋をやってます』……か。エッセイにでもすれば、なかなか面白い内容になりそうだが」

「今後の展開次第ね。……イリスのことは分かったわ。つぎ行っていいわよ」

「んじゃ二つ目。変装（ディスガイズ）しても口調をイリス本人に似せなかったのは、何故（なぜ）だ？」

エキドナが眉をひそめ、怪訝（けげん）な声になる。

「……それって今聞くこと？」

「世間話だよ。好きにしなさいって言ったのはお前だろ」

「そうだけど……」

会話には流れというものがある。この『流れ』を俯瞰（ふかん）し、制御する――それが『話術』だ。

今のエキドナは素直に本心を語れない状態だ。いきなり本題に切り込んでも、ぎくしゃくした、表面だけの会話になるだけだろう。これでは流れは摑（つか）めない。

だから、まずはささいな世間話でリラックスさせる。

緊張をほぐし、『今なら本音を打ち明けてもいいかな』という空気を作る――それが一番だと俺は考えていた。俺は昔、裏社会で交渉役（ネゴシエイター）をやってたこともあるから、こういう話術はお手の物だ。

「そりゃあ確かにエキドナ。お前はひどい大根役者だが――」

「誰が大根役者よっ！」

「……ちょっとばかり演技力に問題があったが、それでも、口調をイリス本人に似せればバレる確率はそのぶん下がったはずだ。なんで口調だけ〝エキドナ〟のままだったんだ？」

「そんなの簡単よ。演じきる自信がないもの」

特に反省する様子もなく、エキドナがさらっと言った。

「あたしが徹底的に身につけたのは、『堂々とした魔王モード』の演技だけ。イリスみたいな……ほら、わかるでしょ？　あの子と話したなら。あの空気」

「ああ……うん」

「ぜったい無理よ。あんなの、このあたしが真似できるわけないじゃない」

まあ、無理だわな……。

本物のイリスがまとっていた、あの気品。あの落ち着いた空気。

言っちゃ悪いが、このやんちゃ娘に真似できるとは思えない。頑張って再現したところで、いずれボロが出るのがオチだろう。

それまで静かな口調だった『イリス』が急にお転婆な口調になれば、どんなバカだってこれはおかしいと気づく。幸い、俺は本物のイリスがどんなやつか知らなかったわけだし、最初から『イリスはお転婆な性格』として振る舞ってしまえば良かったというわけだ。

「あたし、『才能』とか『生まれつき』って言葉、正直キライなのよね。努力しだいで大抵のことはできるようになると思ってるから」

「お前も、シュティーナに教わるまでは呪文はからきしだったらしいしな」

「そうそう。《薄明(ディム・ライト)》すら満足に使えなかったところから、頑張って頑張って頑張って頑張って今のあたしになったのよ！　すごくない⁉」

「いや、それはマジでスゴイ。尊敬する」

「ふふん！」

ドヤ顔を晒(さら)していたエキドナだったが、それもすぐに真顔に戻った。

「……でもやっぱり、あたしはあたしだから。出来もしないイリスの真似なんかしても無駄だろう、すぐバレるだろう、って思ったの。あたしがやりたかったことはアンタに相談することであって、イリスになりきることじゃないもんね」

「……その素直さをもう少し早く発揮してくれりゃ、変装(ディスガイズ)も要らなかっただろうになあ」

「そっ、それは仕方がないでしょ⁉」

ぼそりと呟いた俺に反応し、エキドナが立ち上がった。

「元はと言えば、アンタがいきなり〝魔王を辞めたいんだろ〟とか言い出すからケンカになっちゃったのよ！　あたしはなんっにも悪くないっての！」

「俺かよ⁉　でも、いいじゃないか。図星だったんだろ？　実際」

「図星だからこそ心の準備ってもんがあるのよ！」

「うわ⁉　ちょっ、やめろ！」

「このっ、このっ！　バカ勇者っ！」

そこらに落ちている木の枝を掴んで投げつけてくる。子供か！

だが、これで分かった。いや『イリス』の時から薄々感じてはいたが、これでハッキリした。

素の――魔王の仮面を外したエキドナは、いつもの尊大な態度が嘘であるかのように無邪気で、平凡な、等身大の女の子でしかなかったのだ。

こんな奴が『故郷を救いたい』という一心で自分を変え、魔王の仮面を被り、人間界への侵攻を決意したのだ。シュティーナや他の幹部が居たとはいえ、心細かったに違いない。

自由気ままな戦争に明け暮れ、莫大な負債ばかりをエキドナに残していった先代の魔王どもに、俺はちょっとばかりの怒りを覚えた。

ぺちぺちと絶え間なく飛んでくる木の枝攻撃がしだいに緩慢になり、止む。

再び木の根に腰掛けたエキドナがポツリと言った。

「……宿題」

「ん？」

「宿題の内容、ちゃんと覚えてる？」

「もちろんだ。出題側が忘れてちゃあ、宿題にならないからな」

――魔界には、優秀な王が必要である。

ゆえに、俺が王をやるより、エキドナが王をやったほうがいい。

では問題です。エキドナの方がレオより優れている部分とは、一体どこでしょうか。

なぜレオは、『エキドナの方が優れた王になる』と言い切れるのでしょうか……。

「答えは出たか？」

「ちょこっとだけ。でも、合ってるかどうかは分かんない」

「そりゃ、合ってるかどうかはこれから答え合わせするわけだからな。間違っててもいいから、まずはお前の考えを言ってみろ」

「ん……」

ちょっとばかり逡巡してから、エキドナがそろそろと口を開く。

「……最初に〝あれ？〟って思ったのは、ついさっき。あんたの言葉がきっかけだったわ。〝俺がなんとかできるのは、『理屈』の方だけだ〟――ってアレ、ヒントのつもりだったんでしょ？」

「ははは。まあ、な」

そう。確かに俺はクロケルを説得するとき、そんなことをエキドナに言った。

俺は基本的に理屈で考えてしまう男だ。これは、もとを辿れば俺が『超成長』をコンセプトとして開発されたことに起因する。

俺だって神様ではない。ただ漫然と『なんとなくコピー』をしているわけではないのだ。物事が発生するプロセスの分析。熟練者の思考回路のトレース。そういった解析を、常時頭の中で行っている。一の挙動から十を読み取り、それを百の知識へと変換する――そういう風に造られている。普通の人間が俺の思考をすべて共有したなら、膨大な思考負荷によって一瞬で頭がパンクしてしまうことだろう。

ついでに言えば、今の俺の性格だってそうだ。これは『十八歳前後の男性の一般的な性格』『旅人として平均的で、情報収集もしやすい性格』などを総合して〝作り上げた〟ものである。俺は、理論と分析で生きている男なのだ。

理論派なのは俺の誇りであり、アイデンティティでもあり――そして、弱点でもあった。

「俺はすぐ理屈で考えてしまう。三千年も生きてれば誤魔化しも上手くなるが、昔はなにかにつけて話が硬い、説教臭いって言われたよ。それに比べると、お前は……」

「言わなくても分かるわよ。あたしは割と大雑把だし、理屈ではなく、感情で身体が動く。ぶっちゃけ、真逆よね。あんたとは」

俺は理屈でクロケルを説き伏せた。それに対し、エキドナはどうだったろうか。

こいつは愚直なほどに真正面からクロケルにぶつかっていった。理屈とは真逆の感情論で攻め、しかし最後にはクロケルの心を摑んだ。このカリスマ性こそが、エキドナ最大の強みなのだ！

「あんたはあたしと違って理屈に偏り過ぎている。それは王よりも——どちらかというと、王を支える〝参謀〟に向いている素質だわ。良い参謀は、王の力を何倍にも高める。あんたは王じゃなく、参謀としてあたしを支えるのが正解だと考えてたのね」

「ビンゴだ、エキドナ」

これが宿題の答え。俺よりエキドナが王になったほうが良い理由だった。

「お前には王の素質があるからな。トロッコ問題の時に話したろ？　俺は世界を救うためならあらゆる犠牲をよしとするが、お前は出来る限り犠牲を抑えようとする甘ちゃんだ」

「……その甘さが素質ってわけ？」

「そうだ。どうしようもなく甘い理想論。でも、そういうもんを掲げるからこそ、時に人はついてくるんだ。〝こいつならきっと、俺たちを切り捨てないで守ってくれる〟――と信じてな。というか、お前がそういう甘ちゃんだからこそ、俺はこうして生きているんだ」

「あ」

エキドナは、言われてはじめて気がついたようだった。

そう。そうなのだ。

エキドナが俺と同じ、理屈を優先するやつだとしたら。世界のために少数の犠牲を良しとするやつだとしたら。俺はそもそも、あの雪山での戦いで死んでいたはずなのだ。

俺がエキドナと四天王に戦いを挑み、敗北し、『俺の心臓である《賢者の石》を持っていけ』と言った時、エキドナはなんと言っただろうか？

今でも覚えている。こいつは、俺を殺すことを拒んだだけではなく、『我と一緒に来い』

――と言ってくれたのだ。

人間界に攻め込んでまで手に入れようとした《賢者の石》の入手チャンスをふいにしてまで、俺を救ってくれた。エキドナがエキドナだから、俺は生きてここに立っている。

そんな愛すべきバカだからこそ、俺は彼女を支えたいと思ったのだ。

「ま、そういうことさ。今後は俺が参謀になる。想像してみろ？　生まれつきの〝カリスマ〟と、俺が伝授した〝技〟の両方を併せ持つ、最強の魔王エキドナ！　良い王になると思うだろ？」

「う、うん」

　いつかのリリと同じだ。こいつには、まだまだ伸びしろがある。そこを伸ばすも潰すも、すべては本人次第。そして教師次第だ。

　俺が教師につけば、その伸びしろを最大限に活かすことができる。エキドナを、史上最高の王に育て上げることができるだろう。

「だからな。お前は自信を持って……。………」

「え、なに？　どうしたの？」

「……いや。違う。ちょっと待て」

　唐突にかぶりを振った俺を見て、エキドナが怪訝な顔を向けた。

「違うんだ。いや違わないんだが……。まず、理屈としては以上だ。お前、カリスマ性がある。俺、それの補佐をする。オーケー？」

「お、オーケーだけど……なによその〝理屈としては〟っていうのは」

「だから、違うんだ。俺がホントに言いたいことは……違うんだよ」

「なにがよ！」

「理屈とか全部抜きにして、お前に言いたかったことがあるんだよ！　あるんだが……くそっ。こういう時、お前のシンプルな思考回路が羨ましくなるな……！」

「ちょっと!?　なんかバカにされてるように聞こえるんだけど!?」

……技だけの俺より、天性のカリスマという下地があるお前の方が、王に向いている。

理屈ではそうなのだが、そうではない。俺としては、そんなことよりもずっとエキドナに言ってやりたかった、とある感情論があったのだ。

宿題の答え合わせの時はそれを最初に言おう言おうと思っていたのに、ついつい理屈っぽい話になってしまった。本当に、俺の悪いクセだ。

「だから……つまりだな……」

「う、うん……」

「つっ、つまり……俺が言いたいことは、向き不向きとか、そういうことではなくて……」

「ゆ、ゆっくりでいいわよ。言いたいことがあるなら、ゆっくり整理してからでいいからね？」

ついには、エキドナすら俺を気遣うような口ぶりになってしまう。これではどっちが答え合わせをしているのか分からない。

……こうか？

いや違う、こうか……こうだな？

俺はひどく苦労しながら理屈っぽい言葉を全部とっぱらい、ようやく、思いの丈を口にすることができた。

「つまりだな！　俺は、お前に王をやってて欲しいんだよ！」

「……へ……？」

ようやくエンジンがかかった。あっけにとられたエキドナをよそに、まくしたてる。

「向き不向きなんざ知るか！　俺はなあ、お前が王だからこうして魔王軍やってんだ！　俺を救ってくれたお前に惚れ込んで、お前のことを支えたいって思ったからこそ、魔界くんだりまでついてきて、お前の故郷を破滅から救おうとしてるんだ！　イリスと同じだよ。もし王がお前じゃなかったら、とっくに放浪の旅に戻ってる！」

「ちょっ、レオ……」

「だからお前、自信持てよ。たくさんの部下を率いていることを誇れ。お前を支えてくれる四天王が居ることを誇れ！　そして、俺を、地上最強の勇者を仲間に引き入れたことを誇れ！」

「……」

「あれもこれも、何もかも！　『魔王エキドナ』にしかできなかったことだろうが！」

やっと言えた。

そうなのだ。結局、俺が言いたいのはそういうことだった。

――総合的に見て、エキドナの方が王に向いている？

――俺が補佐についた方が、エキドナのカリスマ性をより効果的に生かすことができる？

ああ、なんと些細で、なんと小難しい理屈だろう。こんなもん、心底どうでもいい！

重要なのはそんなことじゃないんだ。俺はずっと、これを伝えたかったのだ。

「俺はな、お前が魔王だったから死なずに済んだんだ。お前のおかげで、『俺はまだ生きていてもいいんだ』って思えたんだ。お前が俺を救ってくれたんだよ！　俺が仕える王は、お前一人しかいない。それを忘れないでくれ。……忘れるな」

夜の森がしんと静まり返った。

いつだったかの、バルコニーのお茶会のときとは逆だ。今度は俺が荒い息を吐き、エキドナがそれを見守る番だった。

やがて俺の呼吸が整うのを待ってから、エキドナが静かに言った。

「その……えっと」

「……」

「色々、ごめん。あんたがそんなに熱くなるなんて、思わなかった」

俺がエキドナを無敵メンタルの鋼鉄女だと思っていたように、エキドナもまた、俺のことを見誤っていたようだった。

いつも余裕綽々(よゆうしゃくしゃく)で、どんな問題もたちまち解決してしまう、最強勇者――。

とんでもない。あの雪山の戦いで見せた通り、俺はこういう性格だ。

相反する二つ。生来の理屈っぽさと、三千年間の成長によって育まれた情緒。常に衝突(コンフリクト)を起こしているそれらを、理性で必死に抑え込んでいるのだ。

「……とにかく、俺の考えは今ぶちまけた。お前の考えを聞かせてくれ」

「そう、ね。んー……」

わずかな照れ笑いを浮かべ、エキドナがやや恥ずかしそうに言った。

「なんか、馬鹿馬鹿しくなってきちゃった。元々あたしはシンプルな性格をしてるはずなのに、なんであんなに小難しく悩んでたんだろうね」

そう言いながら、ぺちぺちと自分が座っている大樹の根っこの隣を叩(たた)く。

座れ、ということらしい。

俺が座ると、当然ながら隣のエキドナの姿は見えなくなった。感じられるのは夜の森に広がる薄明かりと、少し離れたところに座るエキドナの息遣いだけだ。

そして、

「あたし、魔王は辞めない」

きっぱりとエキドナが言い切った。

「だってそうでしょ？　〝レオと比べてるうちに自信がなくなってきたから、魔王辞めます〟なんて言ったら、王座を巡って争ったシュティーナやイリスに怒られるわ」

「当たり前だな。少なくとも、俺がライバルだったらまっさきにお前を殺しに行くぞ。平和な隠居暮らしなんざ絶対にさせん」

「うんうん。それが普通だと思う」

くすくすと笑う。顔は見えないが、その笑いからは暗さは感じられなかった。

「でも、あたしの多くの部分があんたに劣ってるのも事実よね。あたしの武器は、この……」

さすがに、自分を指して〝カリスマ〟と言うのは気恥ずかしいらしい。少し口ごもったあと、

「この、ノリの良さっていうのかな。持って生まれた、みんなを引っ張る力。あたしがあ

んたに勝ってる部分は、現状これくらいってことよね」

「人望とカリスマだな。それはお前にしか無いもので……そして残念ながら、それ以外がおおむね俺に劣っているのも事実だ。こと現状だけを見れば、俺が王をやった方がいいだろうな」

「うん、オーケー。わかった」

エキドナはこくんと頷いたようだった。そして、ふいに俺の手を力強く握る。

「レオ」

「……なんだ」

「あたし、頑張るから。これからも、王らしい王でいられるように。昨日よりも良い自分でいられるように、成長する。だから……その」

「うん。そうだな」

俺もしっかりと手を握り返し、微笑んだ。

「こっからは二人三脚だ。俺の技を全部覚えられるよう、頑張れよな」

「うん。……あっ、いや、シュティーナたちもいるから、〝二人〟じゃないけどね！」

「……は。それもそうだな。はは」

――教訓。

自分が短所だと思っている部分は、時として長所になりうる。

重要なのは、その短所を無理矢理になくそうとしたり、短所を理由に夢を諦めることではない。

信頼できる誰かに悩みを打ち明け、短所を長所に変える方法を、見つけることである――。

4．キュクレウス、無敵の老後プラン

さく、さく。

たっぷり休憩を取った俺とエキドナは、並んで街道を歩いていた。

もう悩み相談は終わったのだから、呪文でサクっと王都まで帰ってもよかったのだが――今度はエキドナが『もう少し歩きたい』と言ったのだ。反対する理由も、特になかった。

「そういやエキドナ。もう一つ聞きたいことが残ってるんだけど」

「なに？」

「王が迷いを見せてはならないってアレ。ほんとにお前の親父が言ったのか？」

エキドナの父、前魔王キュクレウス。

代としてはエキドナの一つ前の魔王ということになるが、実際は他の魔族に王座を譲り渡したり、そいつが死んでまた戻ってきたり、王のくせに一人で旅に出たりと、実にフリーダムな男だ。

「あいつは極めて自由な奴だけど、バカではない。『王が迷いを見せてはならない』――なんて極端なこと、言うとは思えないんだよなあ。何か狙いがあるんじゃないかと思って」

「なによそれ。パ……あいつのこと、そんなに詳しいの？」

「詳しいよ。だって昔、パーティ組んで冒険してたもん。俺とあいつの二人で」

「ふーん」

さく、さく。落ち葉を踏みしめる音がしばらく続き、

「……えええええええ!?」

エキドナが目をひんむいてこちらを見た。

「昔、あいつが人間界に来たんだよ。正体隠して一人でな。金が無いんだ、助けてくれって言うから、とりあえず俺と組んで魔獣退治をしようってことになって……まあ、色々や

ったよ。麻薬組織を壊滅させたり、キマイラ百匹斬りをしたり、無人島を開拓して国を作ったりな。楽しかった」

「最後はどうなったわけ、それ……？」

「知っての通りだよ。キュクレウスが正体を明かしたんで、魔王と勇者として戦った。あいつとしては、侵攻の下調べと……あとは〝勇者〟がどんなやつか見てみたかったんだろうな」

キュクレウスには、本気で人間界を侵略するつもりはなかったのだろう。しかし当時の魔界にはまだ人間界を侵略しようとするタカ派《過激派》が多く、人間界を放っておくわけにもいかなかった。

まずは魔王の自分が下見をする。そのあと、機を見て一気に軍勢を呼び寄せ、侵略する——キュクレウスはそんな感じでタカ派の連中を説き伏せた。『あわよくばキュクレウスが人間界で倒れ、自分が次の魔王に……』なんて狙いもあったのだろう。けっきょく魔界から誰かが様子を見に来るようなことはなく、あいつは人間界でまる一年間遊び呆けた。そして最後の最後、部下を納得させるため、申し訳程度の侵略を行ったのだ。

もっとも、ヤツはエキドナほど優しくない、狡猾な男だ。俺との戦いで〝不幸にも〟多くのタカ派が死傷したせいで、エキドナを支持するような平和主義の魔族が増えたとも聞いている。

　それほどに頭の回るやつが、わざわざ娘を追い込むようなことを言うだろうか？　俺はそこがずっと気になっていた。

「もしかするとさ。キュクレウスのやつ、こうなることを全部見越してたんじゃないかな」

「え？」

「父の教えを律儀に守ったお前が、精神的に追い込まれる。そこを俺が助ける。勇者と魔王の絆は更に深まり、人間界と魔界の平和は未来永劫に守られる……って具合にさ」

「はあ？　なによそれ。偶然でしょ？　そんな先読み、出来るわけないじゃない」

　エキドナが唇を尖らせた。もっともである。こんなの、ご都合主義とかそういうのを越えている……それこそ未来を読むレベルの予知能力でもないと不可能だ。

　しかし、結果的に今回の事件を経て、俺とエキドナの絆は一気に深まった。いや、そもそもの話をすれば、エキドナがキュクレウスの遺志を継いで平和主義の魔王に育ってくれたからこそ、俺はこうして魔王軍に入ることができたのだ。

　それもこれも全部、キュクレウスの狙い通りだとしたら……。

……また、ずいぶんと嬉しいことをしてくれるものだ。

おかげで俺は、最高の王に出会えたのだから。いくら礼を言っても足りるものではない。

「でも、万が一あんたの言う通りだったら、ヘコむわね……。あたしはレオどころか、父親すら越えられてないってことになるんだから。魔王として」

「いいじゃないか。お前には生まれ持ったカリスマ性と同じくらい、デカい武器があるんだから」

「へ？　なにそれ？」

俺がエキドナを好きな理由は、こいつがただ平和主義だからというだけではない。

見ての通り、素のエキドナはこんな性格だ。普段の尊大な態度も、言葉遣いも、すべては後付けで身につけたもの。『王らしくあろう』という努力を重ねて身につけたものだ。

争いが嫌いで、平和を愛する、等身大の少女らしいエキドナが、魔界を救いたいという一心でライバルたちを蹴散らし、王になった。魔界を救うため、断腸の思いで人間界へ侵攻した。

すべては世界を守るため。

長い間、こいつはずっと自己を犠牲にし、魔界の守護者として生きてきた。こいつの根っこは、勇者だった頃の俺とまったく同じなのだ。

『あなたが犠牲になれば多くの人々が助かります』と言われて、そう簡単に犠牲になれる奴はいない。俺は《調律》を嫌がるクロケルを（演技で）叱ったが、むしろあれが正しい反応だ。自己犠牲の精神なんてものは本来、万人に強制できるようなものではないのだ。

「大切なものを守る為なら、自分自身すら犠牲にする——多くの支配者に欠けている自己犠牲の精神を、お前は持っている。そんなお前が、王に向いてないわけがないよ」

「……そっか」

——自己犠牲の話をするなら、あんたも同じじゃないの。

そう言いたげな視線が投げかけられたが、エキドナはそれ以上追及しなかった。ただ、満足そうに深く頷いたのみだ。

「納得できたか？」

「うん。納得した」

ひどくそっけないやり取りだったが、エキドナの言葉からは深い満足が感じられた。

——さく、さく。

足取りもどこか軽く、王都への道のりを再び歩きはじめる。

心残りはない。

これで、普段の日常に戻れる。

「レオ」

「ん？」

「ありがとう」

さく、さく。

さく、さく。

並んで森を歩く俺たちの遥か向こうに、うっすらと王都の姿が見えてくる。

――その日の朝。

二週間ほど城を空けていた魔王エキドナは、代理の副王イリスと再び交代し――。

いったい何があったのか。ずいぶんと満ち足りた顔で、自信満々に職務に励んだのだった。

第七・五章　薄れる記憶、失われる心

——何年経ったのだろう。

暗い湖の底で、何度目か分からない問いを虚空へ投げかけた。

誰からも返事はない。私はこの暗い湖の底で、ずっと一人なのだ。

我が名はウンディーネ。アミア湖に封印された水の精霊だ。

昔はもっと、ヒトに近い姿を取っていた気がするが——今となっては、何故そんな無駄なことをしていたのかも分からない。私は精霊であって、ヒトとは違う存在だというのに。

……すべてが私のミスだった。

いま思えば、アクエリアスを信用したのがいけなかったのだ。

ヤツは人間界からやってきた余所者である。あの魔王ベリアルを倒した、『DHシリーズ』という勇者どもの一角である。

そんな強者を魔王ロノウェが放っておくはずがない。なんとかして手駒にしようとするはずだ。

なんらかの取り決めがあったのだろう。『ウンディーネを差し出せばロノウェの部下になれる』だとか、そういった取り決めが。

ヤツは肝心な時にアミア湖におらず――そして、さも私のためという素振りを見せながら、私をこの湖の底に封印した。

この五百年間、私はアクエリアスの魔力を常に感じ続けていた。ヤツは常にアミア湖付近から離れなかった。

おそらく地上では――ヤツは『ウンディーネは消えた。自分こそがアミア湖の主だ』などと言い張り、我が物顔で歩き回っているはずだ。許すことはできない。

いまの私を支えているのは、怒りだった。

アミア湖の守護神たる座を横取りされ、私から信仰を奪い取ったアクエリアスへの怒り。

『必ず君を助ける』などと言いながら、五百年間私を封じ続けている、憎きアクエリアスへの怒り。

そして、そんなアクエリアスを信じてしまった自分への怒り。

怒りは私の力をマイナスの方向へ捻(ね)じ曲げた。私はかつてもたらしていた清浄なる水ではなく、毒の水を無限に生み出していった。水が汚染されればアミア湖の存在価値もなくなる――いつかアクエリアスも私の封印を解くだろうと思ったからだ。

だが、それでも封印は解けなかった。アクエリアスのやつめ、往生際(おうじょうぎわ)の悪い！　魔界中の水が汚染されるまで、私をここから出さないつもりか！
『……アクエリアス。アクエリアス……！』
何度も名前を呼ぶが、返事はない。
見ていろアクエリアス。私は、いつか必ずこの封印を破り、地上へ舞い戻ってやる。
その時こそ……その時こそ、お前が死ぬ時だ！

――我が名は水の精霊ウンディーネ。
何百年もアミア湖の底に封印されている、水の王。
信じていた騎士に裏切られた、孤独な水の王だ。

終章　魔王軍vs水龍リヴァイアサン

1．明るく賑(にぎ)やかな職場です

クロケルとの出会いから、きっかり一週間後。

五百年ものあいだ静けさを保ってきたアミア湖のほとりは、ひどく騒がしかった。

『ア……アクエリアス……⁉　なんでテメーが生きてんだよッ！』

「やあヴァルゴ、久しぶり。元気にしてたかい？」

『〝元気にしてたかい？〟じゃねえ！』

ヴァルゴとアクエリアス。主にこの二人のせいだ。

直情径行のヴァルゴは、三千年前からアクエリアスを苦手としていた。いわば絶滅したと思っていた天敵に遭遇したようなものだ。さしものヴァルゴも驚きと動揺を隠しきれない様子だった。

「へえ～。これは興味深いな、ぬいぐるみに君のコアを――《虚空機関(アカシックエンジン)》を埋め込んであるんだね。ははは、ずいぶん可愛(かわい)い姿になったものだ」

『おいやめろ、触んな！　近寄んな！』

「まtaまたあ、敬愛する姉と再会できて嬉しいくせに。おおよしよし、いい子だねえ」

『生まれてこのかた、これっぽっちもテメーを敬愛した覚えはねえ！　おいカナン助けろ！』

「えぇ……た、助けろって言われても……」

「ああ、美しい人。そうか、君があの呪術師カナン？　サキュバスの？」

「ひえっ⁉」

そっ……。

今の今までぬいぐるみヴァルゴを弄くり回していたアクエリアスが、まるで瞬間移動でもしたかのようにカナンに寄り添い、彼女の手を取った。

「な、なによ……⁉　あんた、ちょっと」

「西のザレム村出身の才媛。無数の呪術を修め、その高い実力をもって中央アカデミアを首席で卒業し、魔将軍シュティーナに弟子入りした若きサキュバス——カナン。まさかこんなに可憐で、こんなにも美しいとは思わなかった」

《霧幻歩》という呪文だ。光を乱反射する特殊な氷片を空中にばらまき、一時的に自分の動きを読みにくくする術。逃走や防御に使うのは勿論、こうして距離を詰めるのにも威力を発揮する、氷の高等術。

……高等術をナンパに使うなよ……。それも、カナン相手に……。

「私はアクエリアス。DH-12［アクエリアス］。レオやヴァルゴと同じ、誇り高きDH（デモン・ハート）シリーズの一人。出身は英国（イギリス）さ」

「い、イギ……？」

「私が、普段はここからちょっと離れたお屋敷（やしき）に住んでるって話は聞いてるかな？　たった一人で住んでいるんだ」

アクエリアスの右手が、カナンの細い腰に伸びた。そのまま自分の方へ抱き寄せる。

「お屋敷は、一人で住むには広すぎてね。少し肌寒いんだけど……もし君が一緒に住んでくれるなら、暖房器具は次のゴミの日に全部捨ててしまってもいいとすら思えるよ」

「ひっ！　ヴぁっ、ヴァルゴ――ヴァルゴ、何こいつ！　助けて！」

『諦めろ。そいつに捕まったらもう無理だ』

意味不明な口説き文句を囁（ささや）きながら、カナンの腰に回した手を離さないアクエリアス。ヴァルゴは既に我関せずを決め込んでいるし、こういうことに慣れていないカナンは困惑しっぱなしだ。

ヴァルゴもカナンも、性格的な扱いづらさは俺の手に余る程だが、アクエリアスが生きていたのは幸いだった。今度から、あいつらが問題を起こしたらアクエリアスを呼ぶことにしよう。

「何をやっておるのだあいつらは……」

俺の隣に立つエキドナが、呆れ顔で呟いた。

「レオ。あのアクエリアスとかいう女、本当に大丈夫なのだろうな？　ヴァルゴと同じDHシリーズということだから、一応は信用しているが……」

そこで言葉を区切り、もう一度視線を向こうへやる。

もはやヴァルゴもカナンも諦めの境地といった表情を浮かべており、アクエリアスに弄られ続けている。赤ん坊のオモチャにされる飼い猫のようだった。

「……本っっっ当に大丈夫なのだろうな？」

「今日ばかりは見逃してやってくれ。あいつにとって、ウンディーネは魔界で出来たはじめての友人だったんだ。そんな友達をやっと助けられる……ちょっとくらい浮かれても仕方ないさ」

俺はしゃがみこみ、儀式用の小さな魔法陣に魔力を注ぎ込みながら笑った。

アクエリアスは、ずっと後悔していたのだろう。

自分の油断から、ウンディーネがロノウェの毒牙にかかってしまった。

《調律》を失ったウンディーネの暴走はいっこうに止まらず、湖の封印にも限界がある。

もうこうなったら、友を倒すしかないかもしれない……。

そんな時に俺が現れ、ついにウンディーネを助ける目処(めど)が立ったのだ。アクエリアスの心がどれだけ救われたかは、想像もつかない。

あと、単純に自分以外のD H(デモン・ハート)シリーズに出会えたのが嬉しい、というのもあるだろう。

同じD H(デモン・ハート)シリーズなら、この気持ちはよく分かる。なにせ自分以外のやつは全員死んだと思っていたはずだからな。俺もヴァルゴに会えた時は嬉しかった。……敵同士だったけど。

そこらへんを分かっているからこそ。あの気性の荒いヴァルゴも、今日だけはおとなしくオモチャになってあげているのだろう。……たぶん。

「ふん。勇者レオともあろうものが、ヤツにはずいぶんと甘いではないか」

アクエリアスを擁護するのが気に入らないのか、エキドナが不満そうに唇を尖(とが)らせた。

「宿題だのなんだのと、我には何かにつけて意地悪をしてきたというのに……理不尽だ！なぜヤツだけ特別扱いをする⁉ 不公平だ！」

「別に特別扱いはしてないし、お前に意地悪もしてないだろ」

「いいや、している！　あいつばかりずるい！　ずるいぞ！」

「なんだよ。ヤキモチでもやいてるのか、お前」

「なっ……！」

「そんなに特別扱いがご所望なら、帰ってからゆっくり、じっくり、特別扱いしてやってもいいんだぜ？　お姫様のようにな。くくく」

顔を真っ赤にしたエキドナが、ゲシゲシと俺を蹴りつけてくる。

「ヤキモチなんか焼いていないいっ！　特別扱いも要らんっ！」

「いってえ！　やめろ、術が乱れる！」

「――おーいレオ、エキドナ様？　大丈夫かい？　私も手伝った方がいいかな？」

アクエリアスが声をかけてきたが、俺が反応するより早くエキドナが怒鳴り散らした。

「貴様は来なくて良い！　ここはレオと我で十分だ。そこのオモチャと戯（たわむ）れておれ！」

「はーい。失礼いたしました」

誰がオモチャだ、というヴァルゴの反論が聞こえた。それもすぐにアクエリアスの笑い声にかき消され、聞こえなくなる。

――アミア湖。ウンディーネが眠る場所。

魔王ロノウェによって暴走した精霊ウンディーネが、凍った湖の底に眠る場所。

いま俺たちが立っているのは、そんな凍結湖のほとりに築かれた祭壇のそばだった。

巨大な複合魔法陣が祭壇をぐるりと囲むように描かれ、その周囲には無数の小魔法陣がある。古代《西暦》の人間が見れば、かの有名なナスカの地上絵を連想するかもしれない。

大小の魔法陣すべてを合体させ、一つの巨大な召喚装置として運用することで、召喚儀式は実現する。湖に眠るウンディーネの封印は解かれ、俺たちの前にその姿を現すのだ。

……いや、アクエリアスが力ずくで封じているわけだから、封印を維持するのをやめれば一週間くらいで勝手に封印が解けて、表に出てくるんだけどね。

それだと、一週間のあいだずっと気を張ってないといけないから何かと面倒だ。それならいっそこっちから喚び出して先制攻撃をかけようというわけである。巫女のクロケルやアクエリアスが手伝ってくれたこともあって、儀式の準備はすぐに調った。

この場に居るのは全部で十人。

儀式のキーパーソンとなるクロケルと、それを守るヴァルゴ、アクエリアス。戦闘を担当するのは俺とエキドナ、そしてシュティーナ以外の四天王だ。唯一、シュティーナだけは弟子のカナンと一緒にサポートに回る手はずになっている。なにせ、ウンディーネを《調律》するには巫女がウンディーネに接触する必要があるのだ。クロケルは俺たちと比べてだいぶ実力が劣るから、彼女をサポートする役が必要だった。

「にーちゃーん！　レオにーちゃーん！」

そんな中の一人。四天王のリリが、犬耳をぴこぴこと動かしながら駆け寄ってきた。尻尾をばたばたと振りながら俺の腰に抱きつく。

「じゅんびできたよー！　シュティーナがね、あとはにーちゃんの方の作業がおわれば、いつでも儀式に入れます、って！」

「こっちも終わったとこだ。リリ、俺たちが何するかちゃんと分かってるか？」

「わかんない！」

「……」

まあ、今回に限ってはこの駄犬娘は悪くない。昨晩開いた作戦会議に、リリだけは参加できなかったからだ。

寝る子は育つ。夜の二十時にはベッドに入り、たっぷり十二時間から十四時間は眠るリリにとって、夜の会議への参加は難しい。

夜遅くになっての会議は控えるべきだな、と感じた。同じ城に住んでいると通勤時間というものがなくなるから、ついつい時間を問わず集まってしまう。悪い癖だ。

リリを撫でながらちらりとエキドナの方を見ると、エキドナもこくりと頷いた。

「ちょうど良いタイミングだな。レオ、全員を集めよ。作戦の最終確認をする」

「あいよ。みんな、ちょっと来てくれー！　アクエリアスもいい加減遊ぶのをやめろ！」

「はい、はい。了解だ」

　全員がぞろぞろと祭壇に集まり、三々五々に腰を下ろした。

　クロケルだけはやや離れたところで儀式の準備に忙しくしており、こちらには来ない。先ほどから一生懸命、特殊な木箱のようなものを弄っている。

　全員が集まったのを見計らい一歩横にずれてエキドナが歩み出るスペースを作った。

「えー……こほん！」

　前に出たエキドナが小さく咳払いをする。

　堂々とした振る舞いだ。この間までの彼女に見られた、無駄な気負いや劣等感といったものはまったく感じられない。

　たかが咳払いではあるが、それは間違いなくエキドナの成長を示すものだった。

「今回の目的は、湖に眠るウンディーネ本体を《調律》することだ！　儀式によってウンディーネを呼び覚ましたあとは、巫女クロケルがウンディーネ本体に接触できるよう、我らで本体の体力をギリギリまで削る！」

「たおしちゃだめなの？」

「倒さないでくれると嬉しいな」

　リリが首をかしげ、尻尾を左右にゆらゆらと揺らしながら尋ねる。そんなリリの頭を撫でつつ、アクエリアスが小さく苦笑した。

「色々と事情があってね。ウンディーネを倒すと魔界が危ないんだけど……なにより、ウンディーネは私の友達なんだ。友達が死んでしまうのは、やっぱり辛いものだ」

「ともだちかぁ。いいよいいよ！　そういうことなら、あたしにまかせて！」

　どん！　リリが自分の胸を力強く叩いた。

「あたしたちはね、へーワを愛する、いい魔王軍なの。エキドナちゃんだって『うむ、友達はだいじだ。助けよう』って言うに決まってるもん！　助けたげる！」

「そうか。優しくていい子だね、リリちゃんは」

「あたしだけじゃないよー！　エキドナちゃんが王さまだから、やさしい人が集まったの！」

　唐突に自分のことを話題に出され、エキドナがぽりぽりと頰をかいた。

　まあ実際、その優しさがこいつの武器である。その優しさがクロケルを魅了し、四天王を仲間につけ、この俺――元勇者すら味方に引きずり込んだのだ。大したものだった。

「えーと、それで……ちょっといいでしょうか？　ずっと気になっていたんですけど」

　薄手のローブを身にまとったサキュバスが歩み出た。

さらさらとした美しい金髪。サキュバスらしい蠱惑的な身体と、それに反比例した奥ゆかしい態度。魔王軍随一の術士、《全能なる魔》――魔将軍シュティーナだ。

「召喚儀式って、本当にこれでいいんですか？　未だに信じられないのですけど……」

シュティーナがちらりとクロケルの方を見た。その顔はまさに半信半疑といった感じで、儀式への不信感がありありと浮かんでいる。

「うむ。俺も正直、シュティーナ殿と同じ気持ちだ」

赤い竜鱗を持つ大男が唸った。

竜将軍エドヴァルト。兵士の訓練・教導を担当する、四天王の中でも一番のタフネス持ち。魔術を得意とするシュティーナとは対極的な男だ。

そんな正反対の二人が、そろって儀式に疑問を抱いている。

「レオ殿のＯＫが出ているのだから、間違っているとは思わんが――本当にこんなことで精霊を喚び出せるものか？　これでは、リリをエサで釣るのと次元が変わらん」

エドヴァルトの言葉を受け、リリが嬉しそうに尻尾を振った。

「ね、ね、シュティーナ。あたし、ほめられてる？」

「どちらかというと、バカにされていますね」

「なにいー！」

「大丈夫だよ。精霊ってのは、人々の信仰によって物質界（マテリアルサイド）に現れ、その存在を確立するんだ」

じたばたするリリの首根っこを摑（つか）んで動きを封じつつ、みんなに説明する。

「つまり彼らの存在強度は、俺たちの精神面──『想（おも）いの強さ』に大きく依存するってことになる。極端な話、俺たちが『いる』と思えば居るし、『いない』と思えば消えてしまう。それほどに構造が異なる存在なのさ、彼らはな」

「ゆえに、これで俺らの信仰を──『精霊はこういう強さで、こういう姿をしている』という想いを増幅させるわけか」

「そういうこと。想いが膨れあがった時、ウンディーネは一気に受肉し、封印を破って地上へ姿を現すだろう」

「ふうむ」

唸るエドヴァルトが視線を送った先。そこには、全面に扉のついた細長い木箱があった。

扉を開けると、中には無数の紙が入っているのがわかるだろう。クロケルが先ほどから喋（しゃべ）らないのは、中に入れる紙を一枚一枚チェックしているからだ。真剣な表情である。

紙にはそれぞれイラストが描かれていて、箱の後ろに立ったクロケルが、一枚一枚順番に紙をめくれるようになっている。

「……紙芝居ってやつだろ、これ。ふざけてるのか」

メルネスの呆れは、しごく尤もな話であった。

2. 信仰が神を喚ぶ

アミア湖付近に住むウンディーネ信仰の民は、水龍を倒した魔王クロケルの活躍を『物語』という形で長きにわたり語り継いできた。

別に、魔王に義理を立てたわけではない。精霊を御する為である。

精霊は人々の想いの影響を強く受ける。クロケルの物語を語り継ぐことで、彼らは『竜の姿を取って物質界に現れたウンディーネは、決して魔王には勝てない』という〝事実〟を、魔界に根付かせたのだ――。


「むかーしむかし。このアミア湖には、凶暴な水龍が住んでいました。今から私が語るのは、そんな水龍を退治した、偉大で勇敢な魔王さまのお話……」

かつての魔王と同じ名を冠する少女が、『まおうクロケルものがたり』と記された表紙をめくった。次の紙には、大昔のアミア湖とその周囲の村々がパステルカラーで描かれている。

　ただの紙芝居ではない。当時のアミア湖の状況を忠実に再現した、クロケルの村に代々語り継がれてきた『神降ろしの宝具』である。

「そのころのアミア湖は、魔界一と謳われるほどに綺麗な湖でした。〝湖には水精霊ウンディーネの化身と呼ばれる巨大な龍が棲んでいて、人々に生贄を要求する〟という恐ろしい伝承もありましたが、しょせんは伝承。魔王ベリアルの時代よりもずっと前から、人々はアミア湖の辺りに住んできました。――しかし！」

　ぺらり、と紙をめくる。

　そこに描かれているのは、湖を割ってそそり立つ巨大な水龍だった。

「ああ、なんということでしょう。伝承は本当だったのです！　ある日、湖より現れたのは、天を衝くように巨大な水龍――リヴァイアサン！　龍は、大地を揺るがす恐ろしい声で、〝月に一人、湖に生贄を捧げよ。さもなくば、このようなちっぽけな村など、たちまちに滅ぼしてしまうぞ〟と、周囲の村に脅しをかけたのです！」

「おお……」

　両脚を投げ出してぺたんと座ったリリは、すっかり語りに聞き入っている。右手のあんず飴（あんずはヴァルゴとカナンの農場で採れたものだ）を舐めるのも忘れ、左手のクラ

「人々は言われるがままに生贄を差し出しました。水龍が恐ろしかったのです。――しかし」

クロケルの手が伸びる。次のページは、真っ赤に染まった湖だ。

「リヴァイアサンの要求は留まるところを知りませんでした。最初は月に一度、次は十日に一度、やがては三日に一度……。生贄を要求する頻度は増していきました。村の逞しい戦士たちが何度か龍を討ちに行きましたが、誰一人として帰っては来ませんでした」

この物語はほぼ真実のみを語っているらしい。不純物を混ぜるとかえって霊的な力が落ちてしまい、召喚儀式として不完全になってしまう――クロケルはそう言っていた。

ゆえに、魔界の屈強な戦士たちが一人も勝てなかったというのは間違いなく真実なのだろう。これから喚び出す水龍リヴァイアサンは、最低でも、そんじょそこらの雑魚ドラゴンとは比較にならないほどの力を持っているということになる。

「このままでは村の民はみな、龍に喰われてしまう！　そんな時、たまたま村の宿に泊まっていた、一人の少女が立ち上がりました。その少女こそが――」

ぐっ、とタメを作り、一気に紙をめくる。

「その少女こそが〝氷牙〟のクロケル！　救世の乙女、氷雪の支配者ッッ！　後の世で

『押し潰す氷河の王』と謳われる、偉大なる第49代目魔王だったのですッッ！」

「……エドヴァルト」

メルネスが、隣で腕組みするエドヴァルトにぼそりと告げた。

「これ、巫女(みこ)っていうかさ……」

「吟遊詩人か、さもなくば解説役だな。闘技大会かなにかの」

「しーっ！　静かにして！」

紙芝居に見入っているリリの鋭い叱咤(しった)が飛ぶ。

――それと同時だ。

俺たちが座っている祭壇が、ぐらりと大きく揺れたのは。

「……来たか！」

地震だ。それも、ただの地震ではない。リリとクロケル以外の全員が色めきだった。

アクエリアスによって凍らされていたアミア湖。その湖の中心に巨大な亀裂が入り、ばきばきと音を立てて巨大な渦が生まれつつある。

気がつけば天もまた、アミア湖の上空だけが不気味な群青(ぐんじょう)色に染まっていた。そこからエメラルドブルーの光が一直線に湖の中心に注がれ――揺れは更に大きくなる。そして

……！

――どしゃあ！

一瞬にして、湖面を覆っていた氷が溶解した。

熱で溶けたのではない。水の元素を操る精霊の力が、氷を水へと戻したのだ。己が、最大限に力を発揮できるフィールドへと！

凄まじい水しぶきと共に、巨大な影が屹立する。

それはまさに――天を衝くような巨体だった。

『――ついに目覚めた。ついに私は戻ってきたぞ……アクエリアス！』

それには鋭い牙があった。

強固な鱗があった。

見た者の勇気を挫くような、六つの恐ろしい眼を持っていた。

『五百年だ。この五百年、分厚い氷の下でひたすらに貴様への憎しみを燃やしながら生きてきた。私の封印を解いたこと、たっぷりと後悔しながら死ねッ！』

まさにそれは、〝水の里〟の人々が代々語り継いできた、ウンディーネの化身！

ヒトの心を失った、荒ぶる精霊の戦闘態――水龍リヴァイアサンだった！

……と、まあ。

普通ならここで、誰か一人や二人が死亡フラグを立てたり、主人公が命がけでこいつを倒すことを決意したりするものなのだが……。

「うるさいな……。弱い犬ほどよく吠えるって言うけど、吠えすぎだぞ」

「多少ナリが違おうと所詮はドラゴン、戦い慣れた獲物よ。竜殺しエドヴァルトの敵に回ったこと、貴様の方こそ後悔するがいいわ！」

大剣と双短剣を抜き放ち、エドヴァルトとメルネスがゆらりと構えを取った。

「っていうかこいつ、ただのデカいウミヘビじゃないか。これじゃあ、食糧不足でリンゴが尽きた時の方がずっと恐ろしかった」

「ああ、それは同感だ。俺もあの時は辛かった。肉が食いたくてたまらなくてな」

……こいつら、揃いも揃ってメシのことしか頭にないのか……。

そのまま二人は、やれ人間界の食事が恋しいだの、ワイバーンの串焼きが食べたいだのと雑談をはじめてしまう。本来なら注意の一つもするところだが、そんな状況でも溢れ出る殺気だけはしっかりリヴァイアサンの方に向けているのだから、大したものだ。

「——さあ、どうなるのでしょう！　湖を割って姿を現したるは、ウンディーネの化身！　恐るべき水龍リヴァイアサン！」

クロケルだ。これこそがアナウンサー、もとい巫女の役目だと言わんばかりに、一心不乱に紙芝居の進行に注力している。

「立ち向かうのは魔王クロケルと仲間たち！　ああ、彼らの命運や如何に！　彼らは水龍を倒せるのか？　この湖に、平和を取り戻すことはできるのか――!?」

「はやく！　はやく続きめくって！」

「あ、あの、リリ様。そろそろ戦う時間ですので……」

「カナンしーっ！　今いいとこなの！」

「時間ですので……」

リリは計七個目のクラーケン焼きを齧りながら、すっかり紙芝居に釘付けになって――

いやバカ！　お前自分の仕事忘れてるだろ！

お前の役目は、戦闘！　戦闘なの！

「では、私はカナンと一緒に配置に就きます。紙芝居はまた今度ね！　エキドナ様、ご武運を」

シュティーナが手にもった大杖をこつんと打ち鳴らし、敬礼の代わりとした。エキドナも深く頷き、その敬礼を受け取る。

「うむっ、万事我に任せておけ！　今日の我はほぼ無敵だ！」

「エキドナ様。先日から随分と上機嫌ですけど、何かあったのですか？」

「いや？　別段、なにも、ないが？」

「……」

「何も、ないが」

視線をそらすエキドナを訝しげに見、シュティーナがもう一度同じことを言おうとした。

「……。私が知らない間に、レオと何か……」

「なんにもないと言っとろうがッ！　はよ行けッ！」

「ああ、もう……！　わかりました、行きますよ！　ご武運を！」

エキドナとシュティーナからは緊張の欠片も感じられない。普段の仕事のようなやりとりだ。

俺も軽く首を鳴らしながら後ろを振り向き、最後の確認を行った。

「じゃ、クロケルの護衛は任せたぞ。ヴァルゴ、アクエリアス」

アクエリアスと、既にカナンの解呪によって人間態を取ったヴァルゴの二人が、未だに英雄譚を謡い続けるクロケルの両脇を固めている。ヴァルゴはひどく不満そうな声だった。

「さっさと行け。この俺がバックアップに回ってやるんだ、ミスったら殺すからな」

「そりゃこっちの台詞だ。分かってるよな？　クロケルはこの儀式の要なんだ。あんまりこういうことを言いたくはないが、命がけで守る！　くらいの勢いで――」

「分かってんだよ！　テメーは昔っからホントに話がくどいな。さっさと行けボケ！」

「安心したまえ。この野蛮人と違って、麗しきレディの護衛は私がもっとも得意とするところだからね」

唸るヴァルゴをよそに、アクエリアスがぴん、と人差し指を立てた。

指から放たれた無数の氷の結晶が、きらきらと輝きながらクロケルの周囲を浮遊する。《氷片輪舞》――触れた者を瞬時に凍てつかせる、攻性防壁の呪文だ。

「クロケルちゃんは私が守る。ここは姉さんにまかせて、安心して行ってきたまえ。弟くん」

「弟じゃねえって言ってんだろ！　……それじゃ、まあ」

俺は心の中でだけ、ヴァルゴとアクエリアスに念押しした。

しっかり見ておけよ二人とも。この三千年で、俺がどれほど強くなったかを。

そして――俺の仲間たちが、どれくらい強いのかをな！

「準備万端だ。いつでもいいぞ、エキドナ」

「うむ！」

赤いドレスを翻し、魔王エキドナが俺の横に立つ。全員の視線が俺たちに集中した。

「魔界に清らかな水を取り戻すため。我が部下レオの妹、アクエリアスの友を助けるため――これより我らは大精霊ウンディーネの化身、水龍リヴァイアサンとの戦闘を開始する！」

エキドナが腰の魔剣ティルヴィングを抜き放った。

そして、切っ先を天にかかげ……真っ直ぐに振り下ろす！

「かかれッ！」

魔界最強の軍勢が——。

我らが王の号令に合わせ、一斉に水龍へと飛びかかった！

3. 負ける気がしない

巨体というのは、ただそれだけで驚異だ。

拳闘士が体重別に細かく階級分けされているのと同じように、『図体がデカい、体重が重い』というのは、それそのものが立派な武器になり得るのだ。

水龍リヴァイアサンの体長は、見えている部分だけでも推定二百メートル以上。湖内に潜んでいる部分も合わせれば倍以上あるだろう。科学文明時代に海上の覇者として君臨していた、戦艦や航空母艦よりも大きい！

「だから何だよ、って感じだよね」

『うんうん！』

翡翠と白銀、二つの影が風のように奔った。

片方はメルネス。もう一人は白銀の巨狼――《フェンリル》に変身したリリだ。魔王軍トップクラスのスピードを誇るメルネスもさることながら、《フェンリル》もまた、その巨体に見合わぬ俊敏さを誇る。

水龍がとっさに迎撃に転じた。ひと吠えすると湖水がひとりでに浮き上がり、無数の水弾となってメルネスと《フェンリル》に殺到したのだが――。

『――おそいおっそーい！』

無論、当たらない。

トップギアに入ったあの二人に攻撃を当てるのは、俺やエキドナであっても困難極まる。

メルネスと《フェンリル》は回避した勢いのまま、螺旋を描くように水龍の身体を駆け上がった。

『ぬ、うっ……！』

水龍がうめいた、次の瞬間――。

その全身がずたずたに切り刻まれ、いっせいに血が噴き出した！

「デカいっていうことは、それだけ懐に潜り込みやすいってことだ。自分で自分の死角を増やしてたら世話ないな」

『そういうこと！』

「リリ。お前、僕の言ってること絶対に理解してないだろ……」

『……フフフフフ。フハハハハハ！』

その傷を全く気にせず、水龍が嘲るように笑った。

理由はすぐにわかった。水龍の全身が光に包まれたかと思うと、次の瞬間、メルネスと《フェンリル》がつけた傷がまたたく間に塞がっていったのだ。

『私は水龍リヴァイアサン。破壊と治癒、二つの側面を併せ持つ、ウンディーネの化身！その程度の攻撃で私を倒すことは、不可能だと知るがいい！ 愚か者どもめ！』

《快癒水(キュアウォーター)》の呪文だ。《地熱癒(アースヒール)》や《治癒光(キュアライト)》など回復呪文は無数に存在するが、《快癒水(キュアウォーター)》はこういった水辺でとくに強い効力を発揮する。周囲の水に回復の属性を付与するだけではなく、水そのものが傷口を防護するバリアーの役割までも果たすのだ。

なるほど、膨大な水が存在するこの湖畔であれば、リヴァイアサンはヴァルゴに比肩(ひけん)するほどの再生能力を持っているということになるのかもしれない。

いやあ、よかった。……完全に俺の狙い通りである！

『フハハハぐおおおおッ!?』

ジュウッ、という音と共に水龍の哄笑が止んだ。

『ぐ、ぬううッ、ぐあああッ⁉』

塞がりかけていた傷口から、無数の煙があがっている。

メルネスが調合した毒だ。水に反応して強烈な酸を発生させる《妖魔水》の丸薬——先ほどつけた傷口に毒の丸薬を放り込むことで、どうせ使ってくるであろう《快癒水》を封じたのだ。

驚くべきはメルネスの早業である。無数にできた傷口に、指弾の要領で的確に丸薬を弾き飛ばし、内部に毒を埋め込む。器用さに限れば俺すら上回る、驚異的な技術だった。

「魔界にしか生えない黒スイレンの根を粉にして、更に十三種類の毒を調合したものだ。この調合だけでまるまる一週間を費やした。……一週間だぞ？」

空中歩法《朧火》で虚空を踏みしめながら、メルネスがやや恨みの籠もった口調で言った。

「おかげで、その間は食堂のアルバイトもできなかった。責任をもって苦しめ」

『ぐうあああ！』

効果は絶大なようだった。水龍が悲鳴をあげ、のたうち回る。

……というかメルネスのやつ、魔界に来てからも頻繁に人間界に戻ってウェイトレス、いや、ウェイターのバイトを続けていたらしい。

四天王とウェイター、どっちが本業だと思ってんだよ……副業禁止にするぞお前……。

『お、愚かな人間め……！』

滞空するメルネスをじろりと睨(にら)み、水龍が怨嗟(えんさ)の声をあげる。

『私の属性は、水！　あの光精霊(ウィスプ)よりも解毒(げどく)術に長(た)けていると、精神界(アストラルサイド)でも評判の水属性なのだぞッ！　このような毒、すぐにでも中和を――』

「させると思うかッ！」

『ぐあああっ⁉』

剛剣一閃(いっせん)。

加速の勢いをのせた無骨な大剣が、水龍の腹部を深々と切り裂いた。

矢のように飛んできたのは、《フェンリル》に騎乗したエドヴァルトだ。またがった《フェンリル》のたてがみを片手で掴(つか)み、もう片方の手で愛用の大剣を軽々と振り回している。

「軟(やわ)いッ！　腹筋の鍛え方がまるで足りんぞ、リヴァイアサンとやら！　これならイーリスで戦ったワイバーンどもの方がまだ斬り甲斐(がい)があったわ。修行が足りんッ！」

『んも～、うるさいよ～！　耳元で怒鳴んないで！』

「はっはっは、悪い悪い」

《フェンリル》の姿をとったリリが頭をぷるぷると振って抗議した。今の《フェンリル》にはシュティーナによってありとあらゆる強化呪文がかけられており、水の上だろうと空中だろうと、まるで地上と同じように走り回ることができる。空駆ける天馬（ペガサス）のようなものだ。

馬上ではリーチの短い武器は役に立たない。双短剣使いのメルネスはもちろん、片手使いの長剣を武器とする俺やエキドナが騎乗しても、宝の持ち腐れになってしまうだろう。

だが、エドヴァルトなら話は別だ。ヤツの得物は身の丈ほどもある巨大な両手剣――《フェンリル》に騎乗しながら振るうには、十分なリーチがある！

「そらそら！　どうしたウミヘビ、動きが鈍いぞ！」

『にぶいぞにぶいぞー！』

《フェンリル》の爪、エドヴァルトの斬撃、そして再びメルネスまでもが加わって、あっという間にリヴァイアサンの全身が傷だらけになっていく。

『きっ、貴様ら……！』

「ハァーッハッハァ！　遅い遅い遅いッ、軟い軟い軟いッ！」

「本当にどんくさいなこいつ。ウケる」

バカデカいリヴァイアサンからすれば、己の爪先よりも小さい羽虫を三匹、相手にするようなものである。回避行動など取れるはずもない。

『きッ、さッ、まらァ……！　貴様らァ！』

リヴァイアサンがその巨体をよじり、無理矢理に三人を引き剝がした。そして、魔界中に轟くような大声で叫ぶ。

『――我が名は水龍リヴァイアサン！　真なる名は大精霊ウンディーネ！　あらゆる水、あらゆる泉に宿りし、水の化身ッ！』

ざざざ、とリヴァイアサンを中心に湖に波紋が広がる。不思議なことに、波紋は勢いを失うことなく湖から流れ出る川へと向かい、湖の外へ外へと広がっていった。

『来い！　この世界に満ちし我が分霊、我が映し身たちよ！　我が許へ集い、敵を討て！』

「……来た！　気をつけろエキドナ、いつでもカバーできるようにしとけよ！」

「分かっている！」

ウンディーネは、魔界中の水に影響を及ぼしている。言い換えればそれは、ウンディーネから分かたれた無数の分身が、川や泉、滝、海に宿っているということなのだ。

ノームなら土、ウンディーネなら水。精霊の分身はあらゆる自然に宿り、奇跡を起こす。

それによって精霊は人々からの信仰を得、力を強めていくのだ。

精神を集中して周囲の魔力を感知すると――間違いない。

魔界中の水に宿った、ウンディーネの分身。それが主であるリヴァイアサンの声に応じ、まっすぐこちらへ向かってきている。――川を遡る、巨大な津波となって！

大津波の増援！　ウンディーネには、この奥の手があったのだ！

『はははは！　見よ、我が軍勢を！　魔界の水すべてに、我が分身は等しく宿る！』

勝ち誇るようなリヴァイアサンの笑い声と共に、はやくも津波の第一波が湖のフチに姿を現した。それはみるみるうちに大きくなりながら、まっすぐ俺たちのもと――湖畔の祭壇へと向かってくる！

『畏れよ小虫ども！　為す術もなく逃げ惑え！　そして、死ね！』

目を凝らせば、その後ろからも次から次へと津波が押し寄せているのが見えた。

あれがひっきりなしに押し寄せれば、祭壇はまたたく間に破壊されてしまうだろう。

「恐ろしいものだな。本当に」

隣のエキドナが小さく、そして誇らしげに言った。

「恐ろしいものだ。すべて……ここまですべて、レオの読み通りにことが進むとはな！」

「当たり前だろ。じゃなきゃ、魔王の参謀なんか務まらねえさ」

――最初から俺たち全員でかからず、あえて波状攻撃を仕掛けた理由。

それが、これだ。俺たちは、追い詰められたウンディーネが各地に散った分身を集めるのを待っていたのだ。

アミア湖のウンディーネが水の汚染源ということは、魔界中に散らばったウンディーネの分身もまた、汚染源になりうるということである。ここでリヴァイアサンに勝ち、暴走を止めたとしても、結局は魔界中を駆け回って分身を一体一体浄化していく必要がある。

……しかし。

「わざわざ向こうから集まってくれるんだ。浄化の手間が省けていいよな……！」

「一石二鳥というわけだ。じゃ、ここは私に任せてもらおうかな」

ずい、と歩み出たアクエリアスの両手に、氷の魔力が集中した。ただそれだけで、周囲の気温が一気に低下し、湖のフチに薄い霜がおりていく。

「だてに戦時中、ずうっと空母で揺られていたわけじゃないんだ。〝対水属性〟は、私のもっとも得意とするところでね……！」

今回の戦いにおける、リヴァイアサン最大の不幸は……。

かつての魔王クロケルすら凌(しの)ぐ、世界最強の氷術使いが、こちら側に居るということだ！

「──《レ・ディリ・リ・サー・オーム》！　《蒼き辺獄・白銀の檻》、《永久なる氷壁・四天を覆え》！」

「メルネス、リリ、エドヴァルト！　でかいのが行くぞ、退避しろ！」

「《顕れよハデスの息吹、死と静寂の帳を下ろせ》！　──《絶対零度》！」

三人がアクエリアスの前方から退避すると同時に、荒れ狂う極低温の嵐が湖上を駆け抜けた。それは湖水を、リヴァイアサンの巨体を凍結させ──更に後方から迫っていた津波をも凍てつかせ、巨大な氷の壁に変えた。

『おッ、おろかな……！　愚かな！　愚かすぎるッ！』

リヴァイアサンがじたばたと暴れ、自分を覆う氷を無理矢理に破壊しようとする。同時に、凄まじい怒号が響き渡った。

『ナメるなよーッ！　物質界のクソ雑魚どもーッ！』

「あっ、キレた」

『私は水の化身！　水の化身だぞッ！　こんな氷が通用すると思ってンのか────ッ！』

しゅたん！

祭壇に降り立ったリリ＝フェンリルがぐるぐると喉を鳴らし、俺にすり寄った。

『通用するよねー？　アクエリちゃんの氷は世界いち！　だもんね！』

「いや。ヤツの言ってることはおおむね正しい」

『うぇ？』

「そんじょそこらの雑魚ならともかく、ウンディーネ本体に氷術の効き目は悪い。氷術は闇精霊（シェイド）と水精霊（ウンディーネ）の力を借りて発動させるものだからな」

　ウンディーネに氷術を放つというのは、自分で自分を殴れと言っているようなものである。完全に効かないというわけではないが、どうしても効力は薄くなる。

　相性負け。これが、アクエリアス単独では暴走したウンディーネを倒しきれない理由だった。

　実際にウンディーネを凍結湖に封じていたのも、その多くは氷の上から何重にも重ねがけされた封印術の力だ。単純に氷だけで閉じ込めていたなら、もっと昔に封印が解けて大暴れが始まっていただろう。

　しかも今回は、クロケルの接触という勝利条件がある。純粋な氷術だけでリヴァイアサンの動きを完封するのは――かなり難しい。アクエリアスといえど、不可能に近いだろう。

『こんな……こんな、氷など……！』

……いや。間違いなく不可能だったはずだ。

力の揮い手が、アクエリアス一人であったなら！

「くそッ、てめえ……覚えてろよアクエリアス」

今のアクエリアスには、巨大な外付けバッテリーがついている。

「このヴァルゴ様をッ！　よりによって、てめーのサポートに専念させるとかよォ！」

DH-06、ヴァルゴ。

ヴァルゴは、DH（デモン・ハート）シリーズの中で最も回復呪文に長けた個体。他人のサポートに長けた男だ。そのレパートリーの中には当然——他者に魔力を分け与える術も、含まれている！

アクエリアスの背中に手をつき、力を送り続けるヴァルゴ。彼の悪態をそよ風のように受け止めながら、アクエリアスがヴァルゴをたしなめた。

「作戦立案者はレオだ。文句はレオに言いたまえ」

「てめークソッ！　俺をこんな、使い捨ての充電池みてーな……あとでぜってェ殺すからな！　覚えてろアクエリアス！」

「文句はレオに言え！」

ヴァルゴがサポートについている限り、アクエリアスの魔力はほぼ無限！

確かに、リヴァイアサンには氷術の効き目は悪いかもしれないが——それならそれで、間断なく《絶対零度（コキュートス）》を浴びせれば済む話だ！

『ば、バカな……！　たかが氷がッ、なぜ、溶けないッ！』

二度、三度、四度。

本来ならアクエリアスであっても連発は出来ない《絶対零度（コキュートス）》が、ＭＡＸ出力で連続して放たれた。湖面はスケートリンクのように凍結し、水龍の逃げ場は完全に断たれている。

「さあ行け、レオ！　君の仲間の力は、存分に見せてもらった！」

呪文を放ち続けながら、アクエリアスが俺に最後のエールを送る。

「最後は君だ。君が決めろ！　リヴァイアサンを無力化し――クロケルのために道を作れ！」

「……一つ間違ってるぞ、アクエリアス」

俺は《飛翔（ひしょう）翼》の呪文を使い、水龍の頭よりも高い高度まで、一気に舞い上がった。

「確かにリヴァイアサンは無力化するし、俺の仲間の力も存分に自慢させてもらったけどな。最後にキメるのは、俺じゃない――俺たちだ」

単独で飛んだわけではない。

俺のすぐ横には、もう一人、俺を支える人影がいる。

「――さぁー、行くわよレオ！　あたしのパワー、全部あんたに注いであげる！」

「ああ。頼んだぞ、エキドナ！」

今の俺もまた、外付けバッテリーを装備している。

この世で唯一、勇者レオ・デモンハートが仕える王……魔界を統べる爆炎の女帝、魔王エキドナが傍にいるのだ！　相手が誰であろうと、負ける気はまったくしない！

「《ディオー・ニール・ゾッド》！《極光の螺旋・貫くもの、神鳴る一撃・我が手に満ちよ！》」

魔力を集中させる。雷電術の証となる紫色の複合魔法陣が、俺の周囲にいくつも現れた。

「──《顕れよ滅びの光刃》！《爆ぜ、翔べ、我が敵を穿て》！」

天に手をかざすと、数え切れぬほどの光の槍がずらりと現れる。

これこそ、強固な城壁すら一撃で粉砕する、雷電系の最高位呪文──！

「防御できるなら、してみせろ……！《極光雷神槍》！」

──ぶわっ！

瞬間、天から真っ逆さまに落ちた千の光槍が、リヴァイアサンの身体に無数の孔を穿った。

まっすぐに飛ぶもの。弧を描いて脇腹に突き刺さるもの。ジグザク軌道を描いて何度も貫くもの。いずれも最後には大きく炸裂し、まるで花火のように無数のスパークを撒き散らす。大気が焦げ、イオン臭さが充満した。

《極光雷神槍（ゲイアサイル）》もまた、《絶対零度（コキュートス）》と同じクラスの最上位呪文だ。本来ならば、俺ですらこうも連発することはできないが――今は違う。

今は勇者と魔王、二人分のパワーを融合させている。

奇跡的に再会できた俺の兄弟、ヴァルゴとアクエリアスが見ている。

なにより、我が王がすぐ横で、俺の活躍を見てくれている！

ここしかない！　ここでカッコつけなくて、どこでカッコつけろというのか！

断言できる。今の俺は間違いなく、世界で一番強い！

「こいつでラストだ――喰（く）らえ！」

光槍の最後の一本。俺はあえてそれを手に取り、投げ槍（ジャベリン）のように投擲（とうてき）した。正確な狙いで一直線に飛んだそれはリヴァイアサンを貫通し、湖面に落ち、大爆発を起こす。

『こ、こんなバカな……こんな、莫迦（ばか）、なァァァッ……！』

リヴァイアサンが驚愕（きょうがく）の叫びをあげた。力を失い、その巨体がぐらりと揺らぐ。あと一撃でも加えれば、いかに強力なリヴァイアサンであっても絶命は免（まぬが）れない。確実なトドメを刺せるだろう。

もちろん、俺たちの狙いは討伐ではない。俺たちはウンディーネを助けにきたのだ。

最後に決めるのはもちろん——ウンディーネの巫女（みこ）、クロケルである！

『——今だシュティーナ！　準備は調った。やれ！』

『——了解です。上空からの支援、任せましたよ！』

《浮遊（レビテーション）》で滞空しながら、更に《念話（チャネリング）》の呪文を追加で発動し、俺は安全な後方でじっと待機していた三人——シュティーナとカナン、クロケルに最後の合図を送った。

暴走を解除するためには、リヴァイアサンと巫女（クロケル）が接触しなければならない。だがクロケルは俺たちほどの身体能力を持っておらず、飛行呪文などを使ったとしても、湖のど真ん中にいるリヴァイアサンに近づくには危険が伴う。

ゆえに、シュティーナとカナンという魔王軍最強の術士を温存しておいたのだ。

あの二人の強化呪文と、俺とエキドナによる上空からの支援。二重のバックアップがあれば、実戦経験ゼロのクロケルでも確実にリヴァイアサンに肉薄することが出来る！

クロケルが真っ直（まっす）ぐに水面を走った。シュティーナが施した《水蜘蛛（アクアウォーク）》の呪文だ。《速度増加（スピードアップ）》や《幸運強化（ブレッシング）》といった強化呪文も一緒に付与されており、不慣れな水面であってもスムーズに移動できている。

『まだだ。まだ終わってはいない……！　こんなところで終われるものか……！』

リヴァイアサンが唸（うな）った。水のミサイルが殺到するが、まるで見えない膜があるかのように空中で弾け飛び、クロケルには当たらない。

カナンの《呪酸球盾》。薄い水の被膜を作り、被膜に触れたものを分解・魔力に変換して吸収する、攻防一体の呪術の盾だ。盾で受けきれないものは俺とエキドナで迎撃し、徹底的にクロケルの安全を確保する。

あと少し。あと少しで、リヴァイアサンに触れることができるのだが――

「……レオ。これは、……駄目か……!?」

「ああ。やはり、クロケルでは届かない……！」

リヴァイアサンもさるものだ。クロケルが《調律》を狙っていると見抜くと同時に、攻撃を捨てて回避に徹底しだした。

《霊水壁》、《毒酸膜》、そして《白氷霧》。無数の妨害呪文を繰り出し、クロケルの行く手を阻んでいる。あとたった数歩でリヴァイアサンに触れられるのに、それが出来ないのだ！

クロケルが近づけば近づくほど、アクエリアスの《絶対零度》による支援も難しくなる。

このままでは決着がつかないどころか、ジリ貧でこちらが負ける……！

……そう見えただろう。少なくとも、リヴァイアサンからは。

俺は見抜いていた。リヴァイアサンが、アクエリアスからずっと目を背けていることを。

いちばん最初に名乗りを上げた時ですら、こいつはアクエリアスを見なかった。最初は巨体ゆえに一人一人を見分けられないのかと思っていたが、そういうわけでもない。

単純に、こいつは……直視できなかったのだ。

かつての友と戦わなければいけない、という事実を。

だからここまで『なぜ自分の封印を解いたのか』なんてことも聞かなかった。『お前を倒すためだ』と言われることが——アクエリアスが本当に自分の敵になってしまったのを認めるのが恐ろしかったのだろう。リヴァイアサンの奥底にはまだ、かつての人間性が残っているのだ。

かつての友を信じられず、友を直視できなかったこと。それがこいつの敗因だった。

タイミングを見計らい、俺とエキドナ、クロケルが三者三様に声をあげる。

「——よし、ようやく〝道〟が出来た。いけるぞ！」

「——行きなさい！　今こそ、アンタの友達を救う時よ！」

「——今です。行ってくださいっ、アクエリアスさん！」

『…………!?　な、に……!?』

リヴァイアサンが気がついた時には、既に手遅れだった。

俺の《極光雷神槍（ゲイアサイル）》を目眩（めくら）ましに、はるか上空まで飛び上がったアクエリアスが——真っ逆さまに、リヴァイアサンの頭部めがけて落ちてくる！

　これが、今回の作戦の本当の狙い。

　クロケルではなく、巫女の役目をアクエリアスにやらせる――というものだった。

4．本当の友だから

「副王様方が立てた作戦にケチをつけるようで、申し訳ないんですけど……。この作戦……ひょっとして、うち、要らなくないですか？」

「「……は？」」

　クロケルからの思わぬ言葉を受け、俺とイリス――エキドナの両方が硬直した。

「ええとですね、ウンディーネの巫女になるのに必要な資格は、二つあるんです。『ウンディーネの強い加護を受けていること』と、『〝水の里〟に長く住む住人か、その血を受け継いでいること』。その二つの条件が揃った人だけが、アミア湖のウンディーネを《調律》し、ヒトの心を教えることができる。アクエリアスさんは、これらの条件をどっちも満たしてるんじゃないでしょうか？」

　俺とエキドナが顔を見合わせ、唸った。

「……うーん。確かにそうだな。どっちにも当てはまる」

「でもおかしくない？　アクエリアスは三千年前からウンディーネと一緒だったんでしょ。当然、巫女のメカニズムについてもクロケル以上に把握しているはずだわ」

「ああ、そこは俺も気になるな。〝自分が巫女の代わりを務めればいい〟なんてこと、あいつならすぐに気がつくはずなんだが……」

「……たぶんですけど、自信がないんだと思います」

クロケルの口から出てきた言葉に、俺は思わずうんざりした表情を浮かべてしまった。

おいおい、ここでも自信喪失かよ。エキドナといいアクエリアスといい、今回はつくづく〝自信〟について縁があるな……。

「実は、巫女になるための第三の条件として『ウンディーネが心を許す友であること』というものがあるんですよ。アクエリアスさんはそこを気にしているのでは？」

「それ、必須条件なの？」

「必須ではないですね。でも、歴代の巫女はみなウンディーネの良き友であろうと努力してきたと聞いています。それが《同調》に良い結果をもたらしてきた、とも」

「……まーな。知らないヤツの心を迎え入れるのは、誰だって嫌だろう。逆に友達同士なら、心を通わせるのも悪くないと思える。理にかなったことだ」

アクエリアスは言っていた。魔王ロノウェの策略にはまり、ウンディーネを奪われたと。ウンディーネが暴走状態だったのを見て、仕方なく湖の底へ封印したと。

友を救えなかった不甲斐なさ。友を暗い湖の底に封じ込め続けている後ろめたさ。

それがアクエリアスから『自分はウンディーネの友である』という自信を奪い――自分が巫女を務めるという選択肢を、最初から除外させてしまっていたのだろう。

……だが……。

よく考えれば、あいつは五百年もの間アミア湖を守り続けてきたのだ。

ロノウェの呪いに冒され、孤立無援の中でなお、遠い未来の救いを信じてウンディーネを守り続けてきた。これが友でなくて、いったいなんなのだろう。

間違いなく、アクエリアスは巫女のかわりを務められる。その場の全員がそう判断した。

「……よし、こういうのはどうかしら。二段階作戦よ。クロケルがウンディーネの注意を引いている間に、アクエリアスが死角から回り込んで接触し、《調律》するの」

「悪くない。DH（デモン・ハート）シリーズの力は底なしだからな。巫女と違って、魔力を永久に失うようなリスクも気にしなくてよくなる。もし《調律》できれば、その時点で作戦成功だ」

「仮にアクエリアスさんが《調律》できなかったら……その時はうちの出番ですね！」

「うん。そのときはあたし達が、全力でクロケルをサポートするわ」

……そして、今！

まさしくその作戦は成功した。クロケルに気を取られたリヴァイアサンは、『巫女』たるアクエリアスの接近を許してしまったのだ！

『アクエリアス……アクエリアス、貴様ァァァッ！』

「やあウンディーネ。覚えていてくれて、嬉しいよ」

『忘れるものか！　五百年もの間、私を封じ続けていた貴様のことを！』

矢のように落下してくるアクエリアスをみとめ、リヴァイアサンが吠える。

それは威嚇でもなければ怒りでもない、愛憎入り交じる複雑な声色だった。

『アクエリアス！　貴様に巫女の資格があると思うのかッ！』

「……ッ」

『ずっとだ！　五百年、私は暗い湖の底にいた！　何度貴様を恨んだと思う？　二度や三度ではとうてい足りん！　貴様の心など、《調律》など、断じて受け入れるものかッ！』

「……すまないウンディーネ。言い訳はしないよ」

リヴァイアサンに睨まれ、アクエリアスの顔に後悔がにじむ。

「どんな事情があったとしても、私はロノウェの策にはまった。冷たい湖の底で君をひとり待たせていたことに、変わりはないんだ。咎は受けるよ。――――でもなあッ！」

だがそれでも、アクエリアスは怯まなかった。

剣のように真っ直ぐに手を伸ばし、友の元へと落ちていく。

「私だってこの五百年、ずっと待っていたんだ！　君を助け出せるこの日を信じて、今日この時のためだけに生きてきたんだ！　ここで退けるものかッ！」

『く……！』

今度はアクエリアスが吠える番だった。リヴァイアサンが飛ばした水の弾丸をすべて凍りつかせ、迷うことなくリヴァイアサンのもとへ――かつての友のもとへと向かう。

「私は、必ず君を救ってみせる。戻ってきてくれ！」

『アクエリ、アス……！』

「いや、戻ってこい！　ウンディーネッ！」

『……アクエリアス……！』

アクエリアスがリヴァイアサンの頭部に着地し、続けざまに手をついた。

同時に、二人の間にまばゆい光が満ちた。海を思わせる、深い青の光だった。

クロケルの話によれば、《調律》の時はこの光が現れるらしい。つまり、接触して《調律》を試みるところまでは成功したということだ。

光は一瞬で消えた。周囲はしんと静まり返り、エキドナがごくりと唾を飲み込む音が聞こえた。あとは、ウンディーネがアクエリアスの心を受け入れるかどうかにかかっている。

例えば、アクエリアスに悪しき心があったとしたら——『ウンディーネを封じ、己こそがアミア湖の主になろう』なんて私欲があったとしたら、そういった心は全て《調律》を通じてウンディーネに筒抜けになってしまう。余計にウンディーネを怒らせるだけだろう。

アクエリアスがこの五百年間、どれだけ真摯に友を想ってきたか。

その部分だけで、ウンディーネの暴走が解けるかどうかが決まる。緊張の一瞬だった。

「……動かないわよ。まさか失敗したんじゃ……」

「いや……見ろエキドナ。下だ。湖だ！」

——湖に変化が現れた。アクエリアスの放った《絶対零度》によって凍結していた黒い津波が、ゆっくりと本来の青を取り戻していったのだ。

いや、今や津波だけではない。タールをぶちまけたような色だったアミア湖全体が、透き通ったエメラルドブルーに戻りつつある。

間違いない。やはりアクエリアスには、巫女の資格があった。五百年を経た今でも、ウンディーネの友を名乗る資格があった。

アクエリアスは……とうとう、友を救うことに成功したのだ！

喜びの声をあげようとした瞬間、がくんと俺の視界が傾いた。

「うおっ……!?」

「バカ！　最後まで気を抜くんじゃないっての！」

まだ《浮遊(レビテーション)》で空中に居るのを忘れていた。俺を支えつつ、エキドナが耳元で叱咤(しった)する。

「あんな大技を連発したんだもの、へろへろでしょ？　ちゃんと摑(つか)まってなさい」

「ああ……頼んだ。ちぇっ、最後の最後で格好悪いとこ見せちまった」

「ふふふ。いいんじゃないの、あんたらしくて」

エキドナに抱きかかえられ、ゆっくりと湖の畔(あぜ)に降りる。ちゃぷん、と音を立て、俺のくるぶしあたりまでが湖水に浸った。

透き通った青い水が微(かす)かに泡立ち、靴を洗う。ついさっきまで真っ黒だったとは思えないほど、澄んだ色の水だ。

その湖面の一部。俺たちからやや離れたところが、一直線に凍結した。

アクエリアスだ。青い髪の少女を抱きかかえたアクエリアスが、呪文で作った氷の道をゆっくりと歩いてくる。

あの少女こそが、本来の——アクエリアスの友であった頃のウンディーネ。普段はこちらの姿で過ごし、本気で戦闘する時はリヴァイアサンの姿をとるのだろう。

「——どうだアクエリアス。大丈夫そうか？」

「ああ。おかげさまで死んではいない。じきに目を覚ますよ」

アクエリアスの腕の中で、ウンディーネは身じろぎ一つせず静かに眠っている。

まるで死んでいるようにも見えて、ちょっとドキドキするが……母なる海に代表されるように、水というのは生命力を司る属性でもある。体力の心配は要らないはずだ。

ウンディーネを抱きかかえたアクエリアスが、俺に向かって深く頭を下げた。

「ありがとうレオ。実際、もう駄目だと……殺すしかないと思っていたんだ。まさか本当に、ウンディーネが元に戻るとは思わなかった。何度礼を言っても足りるもんじゃない」

「違う、違う。礼なら俺じゃなく、エキドナに言ってくれ」

「ん……？」

……確かに俺は今回、いろいろと手を尽くした。あちこちを駆けずり回り、問題を解決した。

しかし、そもそも——俺は、本来ならとっくに死んでいるはずの人間だ。

『勇者であり続けたい』という歪んだ願いのために人間界を滅ぼしかけた、邪悪な存在だ。

そんな俺が今なお生きているのは、誰のおかげか。

外でもない、エキドナのおかげである。だから本件のお礼も、俺ではなくエキドナに言ってほしかった。

……いや、本当ならそうやってハッキリ言えればいいのだが、流石の俺もそこまでストレートに言うのはこっ恥ずかしい。俺は照れ笑いで内心を隠しながら、アクエリアスに言った。

「な。いいもんだろ？　うちの王様」

「……ああ」

言葉に出さなかった俺の気持ちを汲み取ってくれたのかはわからない。

しかし、アクエリアスは深く頷き、心からの同意を示した。

「……キュクレウスの言った通りだ。平和を愛する、いい王を見つけたものだね。レオ」

澄み渡ったアミア湖に、魔界の風が吹き抜ける。

俺たち魔王軍は、今日この日——魔界復興への大きな一歩を、踏み出したのだ。

エピローグ

1．あと何年

　――アミア湖での戦いから、二週間。

　俺とエキドナ、そして四天王たちは王宮の一角に集まり、週一の定例会議を行っていた。

「……ってことで、あたしからは以上です！」

「はー。案外なんとかなるもんだな」

「なにがなにが？」

　首を傾げるリリをよそに報告書をぺらぺらとめくり、俺は思わず深い溜め息をついた。

　ネガティブなものではない。感嘆と感服の溜め息だ。

「人間界からの物資輸入担当をリリに任命する――エキドナがそう言い出した時は、冗談なのか本気なのか、マジでわからなかったが。すげえな、子供の環境適応力……」

　魔界の環境は人間界とは比べ物にならないほど劣悪だ。徐々に改善されてきたとはいえ、それは変わらない。食料品をはじめ、人間界からの輸入に頼っている部分は色々と多い。

〝人間界からなにをどれくらい輸入するか〟は、魔界住人の生活クオリティを決める重要な項目だが、リリの作った輸入品リストは、それら全てを的確に押さえているものだった。

メルネスが肩を竦め、バカバカしいと言わんばかりに溜め息をついた。

「当然だろ。リストの作成も輸入元業者の選定も、ほとんどシュティーナが手伝ってるんだから。こいつのやってることといえば、メモに従って人間界と魔界を往復して、物資を運ぶだけ。言ってみれば子供のおつかいだ」

「ね、ね、エドヴァルト。あたし、ほめられてる？」

「どちらかというと、バカにされているな」

「なにいー！」

「はっはっは。どうどう」

尻尾を立ててメルネスに抗議するリリの頭を、エドヴァルトがわしわしと撫でる。

「あたしだって頑張ってるのにー！　ねっエキドナちゃん？　そうだよね！」

「うむ、頑張っているぞ。というか、なにもリリに限った話ではない」

一番奥の椅子に腰掛けたエキドナが、室内に居並ぶ四天王にぐるりと目をやる。

「メルネスもエドヴァルトもシュティーナも、この数ヶ月で実に成長した。個々の努力と……あとは、良い指導役のおかげだろうな。実に嬉しく思う」

そう言うと、エキドナはちらりと俺の方を見た。

数ヶ月。それはちょうど、俺が魔王軍にやってきてからのことだ。

思えば色々なことがあった。正体を隠して魔王軍入りし、ズタボロだった組織を立て直し、性格に難がありすぎる四天王どもの問題を一つ一つ解決する――正式に仲間入りした後はイーリス王国との国交を樹立させ、今は魔界の環境を立て直しつつある。

我ながら、よくもまあこの短期間にこれだけ頑張ったものだと思う。実に濃厚な日々だ。

四天王どももそれを実感していたのか、うんうんと頷いた。

「そうですね。メルネスは無愛想なところが取れて、ちょっとした雑談なら付き合ってくれるようになりましたし」

「エドヴァルトは部下に無茶振りしないようになったよね。それが普通なんだけどさ」

「魔将軍殿がリリの仕事を手伝っているのも、人材育成の必要性を理解したからだと聞いている。自分一人でなんでもこなすのではなく、後進を育成し組織を盤石にする……うむ、良いことだ！」

「シュティーナ、さいきんは夜おそくまで仕事しなくなったのもえらいよね！　カナンもね、〝お師匠様の睡眠時間が六時間を超えて、二度寝もなくなったわ！　すごい！〟って喜んでたもん！」

——待て待て待て。最後のはおかしいだろ、最後のは。

「おいリリ。それって、カナンがシュティーナの部屋を覗き見してるってことじゃないのか……？」

「かもしんない？」

「かもしんない、じゃないだろ。まったくあいつは……」

ヴァルゴとコンビを組んで少しはマシになったと思ったのだが、カナンにはまだまだ教育が必要らしい。業務規程に『師匠の部屋を盗撮するのはやめましょう』なんて間抜けなことを書かなきゃいけない状況になる前に、なんとかしなくてはならないだろう。

おほんとエキドナが咳払いし、まだ何か言いたげな四天王たちを黙らせる。

「まあそういうことだ、レオ。もしあの時お前が魔王城に来てくれなければ、魔界の環境改善はおろか、軍団の維持すら怪しかったかもしれん。今こうして〝いつもの会議〟をやれているのは、間違いなくお前のおかげと言える。感謝するぞ」

「よせよエキドナ。俺がやったことなんて、どれもこれも些細なもんだ。仮に俺がいなかったとしても、こいつらはみんな自力で成長してたと思うよ。素材がいいからな」

「なんだ、謙遜か？　貴様にしては珍しい」

「ただの事実だよ。こいつらはみんな、スポンジみたいにぐいぐいと新しいことを吸収していくからな。さすがは四天王、ってところさ」

人の教育をしていると、どうしても大きな壁にぶつかることがある。その中でもひときわ大きなものが、過去の人生で形作られた価値観——先入観の壁だ。先入観バリバリの頑固者に物を教えるというほど、不毛かつ難易度の高いものはない。

『自分が知っているやり方と違う』

『先祖代々受け継がれてきたやり方に反する』

『うちはずっとこのやり方でやってきたんだ』……などなど。とにかく先入観が邪魔してしまって、新しい知識を吸収するのがなかなか難しいのだ。褒めて伸ばすにせよ、叱って伸ばすにせよ、この先入観をいかに解きほぐすかが教育者の手腕の見せ所と言っていい。

そこで言うと、四天王は実に教えやすい奴らだった。純真さの化身のようなリリはもちろん、メルネスも話してみれば意外と素直なやつだったし、シュティーナやエドヴァルトも、長く生きてきたとは思えない柔軟な面を見せてくれた。

たとえ俺であっても、成長するつもりのないヤツを育てるのは、無理だ。

四天王たちがこの数ヶ月でグンと成長し、仕事のクオリティが上がったのは、間違いなく彼ら一人一人の素質と努力の賜物だ。

〝自分にはまだまだ足りないものがある〟——今回のエキドナもそうだが、みんなが心のどこかでそう感じていたからこそ、俺の言葉にも耳を傾けてくれた。それが目覚ましい成長を生み出したのだと、俺は思っていた。

「では、次。アミア湖流域の水質改善について」

「ああ、それは俺だな。シュティーナが出した資料にも書いてあるが、水質は徐々に改善の兆(きざ)しを見せていて……」

水質に関する報告。

食糧問題に関する調査報告。

水以外の環境問題への取り組み方。

その後も数々の議題を消化していき、会議はつつがなく終了した。

「——では、これにて解散としよう。長らくご苦労だった」

「おわったー！　にいちゃんにいちゃん、いっしょにおやつ食べよー！」

「ぐえっ」

それまで座っていた椅子を蹴っ飛ばし、リリがロケットのようにすっ飛んできた。フルパワーでゆさゆさと俺を揺さぶるリリを撫でてやるべきか、会議の最後はちゃんと一礼するように注意するべきか悩んでいると、まだ座っているエキドナから声がかかった。

「レオ、貴様は少し残れ。話がある」

「――だってさ。悪いなリリ、おやつは今度だ」

「ぶー」

「また明日な。ちゃんと付き合ってやるから」

「ぜったいね！　ぜったいだからね！」

「はいリリ、行きますよ。お話の邪魔になりますからね」

「ぜったいだからねー……！」

　母猫に運ばれる子猫のごとくシュティーナに引きずられ、リリが会議室から出ていく。

エドヴァルトとメルネスが二人に続いて退室すると、騒がしかった会議室がにわかに静か
になった。

「……で？　なんだよ話って。なんかあったっけ？」

「うむ」

　エキドナの隣の席に腰を下ろすが、本人は黙ったままだ。ぼうっと窓の外を眺めている。

　窓の外には、王都の近くを流れる川。かつてはたっぷりの魔素で汚染されていたそれも、
今となっては徐々に清浄さを取り戻しつつある。

「ウンディーネを助けたのは良い判断だったよなあ。今はアミア湖付近だけだが、あと一
年もすれば魔界中の水が綺麗になるぜ。そうすりゃ、人間界と同じように海水浴だって出

来るようになるかもしれん。水質を調整すれば、魚介類や海苔の養殖もできるかもな」

「うん」

「あと、アクエリアスだ。ウンディーネが復活してアミア湖を離れられるようになったから、何か困ったことがあればいつでも手伝わせてくれだとさ。ああ見えてもあいつは多芸だから、きっと役に立つと思う。俺ほどじゃないが」

「……うん」

「おい……？　どうしたんだよ、暗い顔して。なんか気に入らなかったのか、さっきの会議」

「違うわよ。別にそういうわけじゃなくて」

いつの間にか、エキドナの口調が〝魔王〟のものではなくなっていることに気づいた。

『イリス』の一件以来、エキドナがこういう素を見せることが増えた。それだけ信頼されているということなのか、今さら俺相手に取り繕う気はないということなのか――。なんにせよ、あのエキドナが素の自分を見せてくれるというのは、悪い気はしない。

だが、次にエキドナの口から出てきた問いは、俺の想定していないものだった。

「レオ。あんたってさ」

「うん」

「あんたって、あと何年生きるの？」

2．仲間

「……は？」

　俺は、あと何年生きるのか。

　あまりに唐突すぎる質問に、俺はたっぷり三秒ほど固まっていたと思う。エキドナの重い雰囲気をほぐすため、苦笑しながらあえて軽く言った。

「はっ、なんだそりゃ？　また随分と、今さらな質問だな」

　今さら──そう、今さらな話だ。

　俺たちDH（デモン・ハート）シリーズには、原則として寿命がない。コアである《賢者の石》と接続されている限り半永久的に生き続け、人類と世界を守護し続ける。そんなことは、以前俺の正体を明かした時点で、エキドナも十分に承知しているはずである。

「忘れたのかよ？　いいか？　俺たちDH（デモン・ハート）シリーズには、」

「寿命がない。だからあんたは、ベリアルの時代から三千年ものあいだ生きてきた。わかってるわよ」

「んじゃあ、何だよ」

「……あと八十年。今の魔王軍は、せいぜいあと八十年持てばいい方よ」

一瞬エキドナが何のことを言っているのかわからなかったが、すぐに理解できた。

今の魔王軍幹部――四天王たちの寿命のことを言っているのだ。

「リリもメルネスも純人間でしょ。どんなに強くても、寿命は普通の人間とそう変わらない。あと八十年……満百歳まで生きられれば、いい方だわ」

「どうかな。リリの故郷には、《フェンリル》をその身に宿した者は寿命が大幅に伸びるという伝承があるらしいぜ。それにメルネスの――アサシンギルドの初代マスターは、どういうわけか未だに生き続けて、人間社会に溶け込んでいる。ギルドの秘術らしい。驚け、俺とほぼ同い年だ！　魔族にばっか肩入れして、世界を守るのには全然協力してくれなかったけどな」

「エドヴァルトは？　竜人族は長命だけど、それでも二、三百年くらいでしょ」

「そうかもな。まあ、あいつらは死による魂の循環を尊ぶ種族だから、仮に延命方法があったとしても、あまり興味は示さなそうだが」

「シュティーナはサキュバスだから、うまくいけばあと七、八百……」

「おい。お前、さっきから何が言いたいんだよ？」

「……」

エキドナが少し黙ったあと、ひどく寂しそうな顔で俺の方を見た。

「あんたが、また一人になっちゃうじゃない」

「あ?」

「そうでしょ。今のメンバーの中で一番長生きなのは高位魔族のあたしだけど、それでも永久に生きられるわけじゃないわ」

「どうかな。あんがい、一万年くらい生きられたりするんじゃないか?」

「かもね。だったらいいんだけど、それでも無限じゃないでしょ」

「まーな」

エキドナをはじめとする高位魔族の寿命は、だいたい千年から千五百年ほどらしい。

〝らしい〟というのは、天寿を全うした高位魔族が皆無で前例がないためだ。とにかく戦争社会だった魔界において、天寿を全うするまでのうのうと生き、布団の上で大往生を迎えるというのは、それ自体が一族の恥だった。ゆえに、多くの魔族は長い寿命を捨て、戦いの中で短い生涯を終える……いや、終えてきた。

その点でいうと、平和主義のエキドナが魔王になったのは良いことだ。魔界の住人が人間界への戦争を仕掛けることはなくなり、魔族同士の内戦も減っている。この調子でいけば、魔界の平均寿命はグングンと延びていくことだろう。

「これまでのあたしは、目の前の問題で頭が一杯だったわ。魔王を目指して、魔王になったら今度は魔界を救う方法を考えて。人間界に侵攻してからはアンタの対策で悩みまくり、アンタが仲間になってからは……知っての通り」

「今回もだいぶテンパってたしな。──ぐえっ」

うるさい、とエキドナが軽く蹴りを入れてきた。その蹴りにも大した威力が籠もっていないところに、エキドナの落ち込みっぷりが如実（にょじつ）に表れている。

「だから、今になってようやく気がついたのよ。──〝あたし達は、いずれあんたを一人ぼっちにさせてしまう〟ってことに」

「ああ……。それは確かに、今さらな話だな。かなり」

「あたしは、あんたを勇者という重責から解き放ったつもりでいたけど、一時しのぎの気休めに過ぎなかった。そう思ったら……なにか出来ないのかなって、そういう気持ちで胸がいっぱいになって。今朝からずっと考えてたの」

不老不死。俺という存在を一言で表すなら、それだろう。

いや、厳密に言えば不死とは違うのかもしれないが、限りなく不死者に近いことは確かだ。西暦二〇六〇年から実に三千年生きてきた俺なら、次の三千年もまた、普通に生きていけるだろう。それが不老不死というものだ。

だが――不老不死というのは、必ずしもメリットばかりではない。

不老不死のデメリットは、普通の時間から外れて生きなければならない、という点だ。

わかりやすい例をあげよう。ある時、俺はとある村を救った。別に深い縁があるわけではない、通りすがりの村だ。野盗に襲われていたところを助け、更にそいつらをとっ捕まえ、警備隊に突き出してやったのだ。

村にはちょうど子供が生まれたばかりの夫婦がいて、ぜひとも俺に名付け親になってほしいと頼まれた。そんなのガラじゃないと断ったんだが、二度三度と頼まれれば、さすがの俺も折れるしかない。結局名付け親になり、それからはなんとなく、定期的に村に立ち寄ることになった。

五年経つと、俺が名前をつけてやった小さな赤ん坊が大きくなっていた。

十五年経つと、そいつが俺に初恋について相談してきた。

二十年経つと、そいつと一緒に酒を飲めるようになった。

三十年。かつて赤ん坊だったそいつは結婚して、子をもうけ、俺に名付け親になってほしいと言い……五十年、六十年。そいつには孫ができ、幸せな家庭を築いていった。

そして、七、八十年ほど経ったあと。久々に村に立ち寄ると、そいつは既に死んでいた。

寿命だった。最後は子や孫に看取られ、レオによろしくと言って死んでいったらしい。

こいつの名前はリオン。俺の『レオ』を、かつて存在したフランスという国の言葉に直しただけだ。我ながらネーミングセンスに欠けると思うが、リオンは俺とほぼ同じその名前を随分と気に入っていた。

リオンは八十年の生涯の中で、赤ん坊から少年へ、青年から老人へと徐々に姿を変えていった。

しかし、俺は八十年の中で姿が変わることなどなかった。不老不死だからだ。こういった別れと疎外感を、俺は幾度となく味わってきた。

みんなの時は動いているが、俺の時だけは止まっている。俺の三千年はそういうものだった。

だから正直、誰かとの別れというのは慣れっこなのだ。エキドナは俺が一人ぼっちになることを随分と心配してくれているようだが、大きなお世話というものである。

今回はただ、別れる対象が魔王と四天王だという、ただそれだけの話で……。

別段、悲しいということは……。

………。

「……やばいな。考えてみたら、すげえ悲しくなってきた。そうか……四天王ともお前とも、いずれは別れないと……いけないのか」

「ほら見なさい」

はあ、とエキドナが溜め息をついた。

「アンタのことだから、どうせ〝何度も経験してきたから別離には慣れっこだ〟とか言うつもりだったんでしょ。わかってる？　慣れちゃいけない慣れよ、それ」

全部お見通しのようだった。こいつ、演技力はあれだけガバガバなくせに、他人のことになると妙に鋭いんだよな……。これはこれで、王の素質と言えるのかもしれない。

「でも仕方がないだろ？　寿命に差がある以上、いつかは離れ離れになるものなんだしさ。自然の摂理だよ」

「そういう当たり前のことに今さら気づいて、すごく憂鬱な気分になってたのよ。あんたがその不死性ゆえに色々と悩んできたことは、イヤってくらい知ってるし」

説得力がある。

俺が正体を明かしたあの雪山の戦いで、こいつは文字通り命をかけて俺の悩みを受け止めてくれた。『お前の気持ちはよくわかる』なんていうのは使い古された文句だが、エキドナに限ってはそれを言う資格があると思った。

「とにかくよ。あんたにはこれまで散々助けて貰ったんだから、今度はあたしがあんたを救ってあげたいじゃない？　それについて話したくて、あんたを残らせたのよ」

「救うってお前。気楽に言ってくれるな」

「救いたいもんは救いたいんだもん。ここでウソついてもしょうがないでしょ」

俺の救いだけを考えれば、実際、対処法はいくつかあるのだろう。たとえば、一番長生きのエキドナが死ぬタイミングで俺も自死するとか、あるいはアサシンギルド経由で不死の秘術を手に入れて、四天王やエキドナを不老不死にするとかな。

しかし、これらは全て『大好きな仲間と離れたくない』という感情だけを優先した行為だ。論理的な思考からは程遠い。自然の摂理に反した、歪んだ望みだ。

なにより、世界で俺一人が、そんな都合のよすぎる救済を受けていいはずがない。大事な人との別離というのは、誰であっても平等に体験するものなのだから。俺はちょっと、……いや、かなり、別離を経験する回数が、多いだけだ。

俺は人類を守る存在として作られたのだから、そういう苦痛は耐えるべきだろう。

だからこそ俺は、やがてやってくるであろう『エキドナたちとの死別』もまた、当たり前のものとして粛々と受け入れるつもりだった。

「……よし！　決めた！」

「決めた？」

この時までは。

「あたしの次の目標よ。魔界の環境を元通りにして、人間界との和平を実現したあとは
――あたし、不老不死を目指すことにするわ。うん、決めた！」

「……!?!?!?」

な……。

何を言っているんだ、このバカ魔王は！

たしかに――古今東西、やることのなくなった支配者というのは不老不死を願うものだ。

各種フィクション作品を振り返ってみても、『不老不死の肉体を求める魔王』というのは、
すごく魔王っぽい気は、する。

するのだが……！

じゅ……順序が、逆だろ……！

「そ、それ……〝俺のため〟ってことだよな？」

「そう！」

「俺のために、不老不死を目指す？」

「そ！　あんたを一人ぼっちにさせないために、不老不死を目指す。いい考えでしょ？」

「いい考えなもんか！　順序があべこべすぎるし、まるで論理的じゃない！」

思わず拳でどんとテーブルを叩くが、エキドナはまったく怯まなかった。

「いいか、よく考えろ！　幹部全員が不老不死でずっと入れ替わらないなんて、組織として不健全極まりない……！　いやそれ以前にお前、自分の命をなんだと思ってるんだ？　命を懸けて魔界を救おうとしたと思えば、今度は俺のために不老不死の手段を探すだと!?　あべこべだ！　お前は、自分の命の使い方がおかしい！」

「……命の、使い方が、おかしい……ですって？」

エキドナの手がぬっと伸びた。

俺の両頬を掴み、ぎちぎちと締め付ける。

「それは！　アンタも、同じでしょうが～～～ッ！」

「いでででで！」

「生まれた時からの使命を律儀に守って、たった一人で三千年も勇者やってたアンタに、命の使い方どうこうを言われたくないわよ！」

「わ、わかった！　わかっ……いてっ、ほんといてぇ！」

「あんた、とにかく頭でっかちなの！　理屈で考え過ぎなのよ！　どーせ今だって、〝自分だけが都合よく救われていいわけがない〟とか、〝そうやって作られたんだから我慢するべき〟とか、そんなクッソ真面目で肩がこりそうなこと考えてるんでしょ！」

「うっ」

「いつもヘラヘラしてるくせに、変なとこで真面目なのよ、あんたは！」

パーフェクトに図星だった。

エキドナが頬を締め付ける手を緩めた。かわりに、両手を俺の頬に添え、しっかりと自分の方に向き直らせる。

「いいの！　あんた、これまでずーっと自分を殺して、我慢に我慢を重ねて、世界のために奉仕してきたんでしょ？　辛いことも嫌なことも全部しょいこんで、世界を守ってきたんでしょ？　だったら、ちょっとくらいズルい救われ方したって、誰も文句は言わないわよ。もし文句言う奴がいたら、あたしがブン殴ってやるわ！」

「いや……でも、だな……」

「でもも何もないっ！」

「は、はい」

少しでも反論すれば、また頬をつねりあげられそうだ。間近に迫ったエキドナの瞳を覗き込みながら、俺はいかにしてこの状況から抜け出せるかを思案した。

「それにあんた、アカデミアからの帰りに言ってたでしょ。〝向き不向きなんざ知るか。俺はお前に王をやってて欲しいんだ〟って」

「あ？　あ、ああ。言ったけど」

「あれと同じよ。あんたの意思とか関係なく、あたしは、あんたに幸せになってほしいの！」

「……幸せ？」

「そう。幸せ」

エキドナが、何度も大きく頷いた。

「あんたは、三千年を生きる中で、慣れちゃいけないことにまで慣れてしまった。『自分は他と違うから、親しい人間と何度も死別しても仕方がない』――そう思ってる。そうでしょ」

「……ああ。そうだな。そうだと思う」

「それじゃダメなのよ。あたしはどうせなら……あんたがこれまでに一度も摑んだことのない、最っ高の幸せをプレゼントしたいの。『いつかまた一人ぼっちに戻るけど、仕方ないさ。人生そういうものさ』……なんて生き方、魔王のプライドにかけて絶ッッ対に許可しないわ」

そこでようやく、エキドナが手を離した。

「……だからね、レオ」

そして、子供をあやすように俺の頭を優しく撫でた。

「いっぱい世話になったぶん、今度はあたしがあんたを救ってあげるわ。あんたがイヤだって言っても絶っっっ対に不老不死になって、あんたと同じ時間を過ごせるようになってみせる。あんたが寿命で死ぬまで長生きしてやるから、覚悟しなさい」

「……はあ」

「なっ！　なによ、〝はあ〟って⁉」

「いや……」

不満げなエキドナの顔を見ながら、これまでの人生を思い出す。

――たしかに俺は、三千年生きてきた。

あらゆることには慣れっこだと思っていたし、友との死別も慣れたと思っていた。

だが結局のところ、〝慣れ〟というのは〝麻痺〟と同じだ。悲しいと感じる回路が麻痺してしまって、死別という大きなイベントを、何でもないものと思い込んでしまっただけなのかもしれない。

本音を言おう。俺だって、出来ることなら、俺と同じ不老不死の友人が欲しい。

一緒の時を歩んでくれる仲間がほしい。

でも、そんな願い、許されるわけがない。俺一人だけ特別扱いされてはいけない。

そう思っていたし、今でもそう思っている。エキドナたちが不老不死になるなんて、そんなの自然の摂理に反した、非論理的な望みだとわかっている。

なのに不思議だ。エキドナと話していると、そういう望みを持ってもいいんじゃないかと思えてくる。

理屈ではなく、たまには感情優先で生きていいんだという許しを貰えている気がする。嫌なことは嫌だと、好きなことは好きだと言っていいんだと、そう言って貰えている気がするのだ。

「……いいのかな。そんな幸せを、俺が願って」

「いいの！　我が一族と魔王の名に懸けて誓ってもいい。レオ・デモンハート。この魔王エキドナが、絶ッ対にアンタを幸せにしてやるわ！」

「はは。それじゃプロポーズみたいだよ、お前……」

「何とでも言いなさい。あたし、一度決めたら絶対やり遂げるからね！」

――〝幸せ〟という意味では、もう俺は、この時点で十分すぎるほどに幸せだ。

仮にエキドナ達と死別することになったとしても、俺は今日のエキドナの言葉を胸に生きていけるだろう。俺は絶対に一人ではないと信じて生きていけるだろう。

逆に、もしエキドナや四天王が不老不死を手に入れて、俺と同じ時間を歩めるようにな

ったとしたら——『俺は三千年世界を守ってきたんだ！　これくらいのご褒美、許しやがれ！』と、胸を張ってワガママを言えるだろう。

ああ、よかった。

あの雪山の戦いも、そして、今回もそうだ。

「なあ、エキドナ。ほんとに不思議なんだけどさ」

「ん？」

「お前はいっつも、俺が一番欲しい言葉をくれる。助かってるよ、マジで」

ありがとうな。

俺がそう言うと、エキドナもまた『お互い様だ』と笑った。

——魔王エキドナと出会う。

俺は、もしかするとその為だけに、三千年もの間勇者をやってきたのかもしれない。

そんなことを思った。

あとがき

ファンタジア文庫読者の皆様、こんにちは。作者のクオンタムです。

一巻からお付き合い頂いた『勇者、辞めます』はこれにて完結です。もともとは一巻のラストで完全に話を終わらせるつもりだったのですが、様々な出会いに恵まれた結果、二巻・三巻といった続編やコミカライズ、アニメ化といったお話に関わらせて頂くこととなりました。嬉(うれ)しい限りです。

この巻から手を出したよという読者さんは少数だと思いますが、もしいらっしゃったら本書の前日譚(たん)となる一巻・二巻もお手にとって頂ければ幸いです。

さて、本作品の主人公であるレオ・デモンハートは、三千年生きたがゆえに様々な悩みを抱えています。

人間を模して造られたＤＨ(デモン・ハート)シリーズの中でも、もっとも無垢(むく)でもっとも成長に重きを置いたレオ。スポンジのように様々なことを吸収していった彼は、豊富な経験と引き換えに多くの不安や悩みをも獲得してしまいました。そうして辿(たど)り着いた先が『勇者、辞めます』一巻で描いた事件――「長く生きれば生きるほど俺はおかしくなってしまう。はやく俺を殺してくれ、勇者を辞めさせてくれ」という事件だったわけですね。

しかし実際のところ、これはレオだけの問題ではありません。「無知は幸福である」としばしば言われるように、人間は長く生きれば生きるほど知識が増え、それに比例して様々な問題に悩まされるようになるからです。

学業。恋愛。趣味、仕事、金銭。これらはすべて我々が赤ちゃんの頃には無縁だったものですが、成長した今ではそうではありません。これらは良い側面もたくさんありますが、同時に頭を抱えたくなるような問題も押し付けてきます。

成長する中で身に付けた知識や感情が、巡り巡って自分を苦しめる……この一点においては、レオも我々も大差ないと言えるでしょう。

もし心から平穏に生きようとするならば、よけいな知識は極力身に付けず、未知への挑戦を避け、現状維持に全力を注ぐのが一番なのかもしれません。


だからこそ、僕は積極的に何かに挑戦しようとする人を好ましく思います。

内容は何でも良いのです。コンビニに行ったら飲んだことのない飲み物を買うとか、話したことのない人と話してみるとか、そんなもので十分。

〝自分の人生に新たな問題が増えるかもしれない〟というリスクを知ってなお、未知の可能性に挑戦していく心が素晴らしいと思うのです。

本シリーズの登場人物もまた、そういった側面を多く持っています。

エキドナは魔界を救うという無理難題に挑戦しましたし、四天王も少しずつ自分の苦手分野を克服していきました。レオもまた、『死ぬチャンスを放棄して、あえてもう一度エキドナの横で生きてみる』という挑戦をしています。本書を（僕なりの）ハッピーエンドで終わらせたのは、挑戦者たちに幸あれという気持ちの表れです。

もちろん挑戦だけがすべてではありません。現状維持は現状維持で非常に大変ですし、休みたいと思ったらゆっくりと休むのも良いことです。

重要なのは挑戦する・しないではなく、自分の人生の舵取り(かじと)は自分でやる！　という誇りを持っているか否(いな)か――なのかもしれません。


それと、関係者の皆様にお礼を。

冒頭にも書きましたが、本シリーズは実に多くの方に支えて頂きました。

カドカワＢＯＯＫＳ版からずっとお世話になっている担当編集のＫさん、表紙をはじめとする素敵なイラストをたくさん描いてくださったイラストの天野(あまの)先生、コミカライズを長年担当してくださっている風都先生、アニメ化にあたり原作を徹底的に読み込んでくださったアニメスタッフの皆さん……文字数の関係上全員のお名前を挙げきれないのが残念ですが、この場を借りてお礼申し上げます。

そして最後に、読者の皆様！

本作でデビューし、右も左も分からなかった僕がここまで走り抜けられたのは、間違いなく読者の皆様のおかげです。本当にありがとうございます。

執筆はどれもこれも大変な思い出ばかりですが、もし『この話を読んでよかった』と思ってくださった方が一人でもいらっしゃるのならば、作者としてそれに勝る喜びはありません。

ここまでお付き合い頂きまして、本当にありがとうございました。

それでは、また。

クオンタム

※本書はカドカワＢＯＯＫＳより刊行された『勇者、辞めます　～次の職場は魔王城～』
を加筆修正したものです。

お便りはこちらまで

〒一〇二－八一七七
ファンタジア文庫編集部気付
クオンタム（様）宛
天野英（様）宛

勇者、辞めます3
～次の職場は魔王城～

令和4年4月20日　初版発行

著者――クオンタム

発行者――青柳昌行

発　行――株式会社KADOKAWA
〒102-8177
東京都千代田区富士見2-13-3
0570-002-301（ナビダイヤル）

印刷所――株式会社暁印刷

製本所――本間製本株式会社

※定価はカバーに表示してあります。
●お問い合わせ
https://www.kadokawa.co.jp/（「お問い合わせ」へお進みください）
※内容によっては、お答えできない場合があります。
※サポートは日本国内のみとさせていただきます。
※Japanese text only

ISBN978-4-04-074486-5 C0193　◇◇◇